KB012705

만년 만에 귀환한 플레이어

나비계곡 퓨전 판타지 장편소설

WISHBOOKS FUSION FANTASY STORY

만 년 만에 귀환한 플레이어 9

나비계곡 퓨전 판타지 장편소설

초판 1쇄 찍은 날 | 2020년 03월 19일
초판 1쇄 펴낸 날 | 2020년 03월 26일

지은이 | 나비계곡
펴낸이 | 권태완 우천제

기획 | 위시북스
편집책임 | 한준만
편집 | 위시북스

펴낸곳 | (주)케이더블유북스
등록번호 | 제25100-2015-43호
등록일자 | 2015. 5. 4
KFN | 제2-27호

주소 | 서울시 구로구 디지털로31길 38-9, 401호
전화 | 070-8892-7937 팩스 | 02-866-4627
E-mail | fantasy@kwbooks.co.kr

ⓒ나비계곡, 2019

ISBN 979-11-293-5039-8 04810
      979-11-293-3914-0 (set)

만년 만에

귀환한 플레이어

나비계곡 퓨전 판타지 장편소설

WISHBOOKS FUSION FANTASY STORY

9

Wish Books

만년 만에 귀환한 플레이어

CONTENTS

◆ 1장 ◆

내가 바로 사탄이다

-오늘의 8시 뉴스입니다. 아프리카 부근에서 어마어마한 크기의 게이트가 관측되었습니다. 해당 게이트는 가장 낮은 등급의 흰색부터 검은색으로 이어지는 기존 게이트와는 달리 짙은 푸른색을 띠고 있는 게이트였습니다. 게이트는 만들어진 직후 얼마 지나지 않아 사라졌으며 그 주변에 서식하던 몬스터를 비롯한 동식물이 모조리 죽는 일이 발생하였습니다.

-앞선 그랜드 캐니언 용암 폭발 사건과 푸른 게이트 사건 사이의 연관성은 가디언즈 주도하에 조사 중이며 현재까지는 두 이상 현상 사이에 별다른 연관성을 찾지 못하고 있습니다.

-푸른 게이트의 관측 이후 세계 각지에서 거대한 폭음과 폭발이 관측되고 있습니다. 대부분 사람이 살지 않는 오지 또는

몬스터의 서식지에서 발생하고 있기에 인명 피해는 없으나 각별한 주의가 필요해 보입니다.

"잘되고 있구만."

소파에 누워 TV를 보고 있던 강우의 입가가 올라갔다.

루시스를 이용한 도발은 성공적이었다.

지구로 넘어온 루시퍼는 그가 의도한 대로 사탄에 대한 적의를 거침없이 뿜어내며 악마교와의 전면전을 이끌어가고 있었다.

전투는 당연히 루시퍼 세력의 압승. 그들이 무슨 방법으로 악마교 지부를 찾는지는 알 수 없으나 그들은 유능했다. 전 세계가 협력해도 찾기 힘들었던 악마교 지부를 이 잡듯이 찾아냈고, 압도적인 힘으로 찍어 눌렀다.

지난 몇 개월간의 미온적인 움직임이 마치 이를 위한 초석이었다고 말하는 것처럼 파괴적인 기세. 리리스를 통해 들려오는 소식을 보면 악마교에게 동정심이 생길 정도로 일방적으로 당하고 있었다.

'좀 더 악마교 쪽에서 팍 치고 와줬으면 하는데.'

악마교의 저력이 이 정도로 끝날 것이라고는 생각지 않았다. 이 상황을 반전시킬, 반전은 무리라도 루시퍼 세력의 전력을 갉아먹을 수 있는 반항 정도는 해줬으면 하는 바람.

'맘처럼 되지만은 않는군.'

기대했던 것 이하로 일방적으로 당하고 있는 것은 사실.

하지만 전처럼 초조한 기분은 아니었다.

강우는 자신의 손을 내려다보았다. 이미 대공과 충분히 일전을 겨룰 수 있을 정도로 성장했다. 처음 계획한 것처럼 루시퍼를 완전히 탈진 상태로까지는 만들 필요는 없다.

'비장의 한 수도 준비 중이고.'

느긋한 표정으로 소파 등받이에 몸을 기댔다.

어쨌든 지금은 강 건너 불구경하듯 루시퍼와 악마교의 전투를 지켜보면 됐다.

"강우. 나 애니메이션 볼래. 오늘 코노스바 하는 날이야."

소파에 앉아 있는 그에게 에키드나가 다가왔다. 그녀는 지정석이라고 할 수 있는 무릎 위에 앉아 짧은 팔을 뻗었다.

강우는 피식 웃으며 리모컨을 건넸다.

"흐웅! 흐웅!"

콧바람을 뿜어내며 채널을 돌린 그녀의 표정이 이내 실망감으로 물들었다.

"오늘도 결방이야……."

에키드나는 시무룩한 표정으로 고개를 숙였다. 이번에 루시퍼가 건너온 게이트 때문에 대부분의 방송이 결방이었다.

"얼마 안 가서 잠잠해질 거야."

"응."

에키드나가 몸을 빙글 돌려 강우의 옷깃을 잡아당겼다.

"강우, 나 이번에 용언마법 하나 더 익혔어. 이제는 3개 쓸 수 있어."

"오, 또 익혔어?"

강우는 그녀의 노력이 기특하다는 듯 머리를 쓰다듬었다.

용의 전유물이라는 용언마법은 해츨링은 사용할 수 없는 기술. 원래 최소 성룡은 되어야 사용 가능한 마법이었다. 아무리 강우와 영혼 단계에서 이어져 있어 힘을 받을 수 있다고 하지만 선천적으로 불가능한 것을 가능하게 만든 데에는 많은 노력이 필요했을 것이다.

"이제 조금 더 있으면 브레스도 쓸 수 있는 거 아냐?"

장난스럽게 물었다.

"흐응! 흐응! 노력할게!"

"뭐… 노력한다고 될 것 같지는 않다만."

가볍게 웃었다.

그녀에게 듣기로 브레스는 고룡 중에서도 극히 드문 개체만 사용할 수 있다고 한다. 시간이 흐른다면 몰라도, 아직 해츨링에 불과한 그녀가 사용하기에는 너무 터무니없는 기술.

하지만 눈을 빛내며 콧바람을 뿜고 있는 그녀를 보니 괜히 산통을 깨고 싶지는 않았다.

"강우, 강우. 요즘도 많이 바빠?"

에키드나가 조심스러운 목소리로 물었다. 지난 몇 개월간 대공의 힘을 익히기 위해 정신없이 수련에만 매진했으니 당연한 반응.

강우는 쓴웃음을 지으며 그녀의 머리를 쓰다듬었다.

"아직은. 하지만 조금만 있으면 일단락될 것 같아."

루시퍼를 먹어치우면 당장 눈앞의 큰 목표는 이룬다. 물론 그 뒤로 루시퍼의 권능이나 마몬의 권능을 익히기 위해 수련을 하긴 해야겠지만 지금처럼 쫓기듯이 할 필요는 없을 것이다.

"……그렇구나."

시무룩한 표정으로 고개를 숙이는 에키드나의 머리를 쓰다듬으며 말을 이었다.

"그럼 이번 일 끝나면 같이 피크닉이나 갈까?"

"피크닉?"

"응. 설아랑 같이."

"흐응! 흐응! 좋아! 무조건 좋아!"

에키드나가 흥분에 차서 고개를 끄덕였다.

강우는 흐뭇하게 미소를 지었다.

'이게 힐링이지.'

언젠가 그가 바람대로 설아와 잘되어서 아이를 가지게 되면 딱 이런 느낌일 것 같았다.

강우는 상상의 나래를 펼치며 히죽 웃었다.

"그때는 리리스랑 발록도 같이 가자."

"……걔들은 왜?"

"둘 다 설아랑은 별로 안 친한걸. 리리스도, 발록도 아주 착해. 다 같이 친해졌으면 좋겠어."

"……."

고민에 잠겼다.

사실 지구에서 만든 인연과 발록, 리리스 등 지옥에서부터 이어져 온 인연 사이에 교류는 별로 없었다.

리리스와 발록은 강우에 대해서 너무 잘 안다. 그가 어떤 인간인지, 지옥에서 무엇을 해왔는지 낱낱이 알고 있다.

'곤란한데.'

입단속을 철저히 시키기는 했지만 역시 부담스러운 것은 사실. 하지만 언제까지고 리리스, 발록과 김시훈, 한설아 등 지구에 만난 동료들이 서먹서먹한 것도 좋은 것은 아니었다.

'나중에 생각해 봐야겠네.'

전력 통합을 위해서도 동료들끼리 원만한 관계를 유지하는 것이 좋았다. 막말로 발록과 김시훈이 서로 협력해서 싸우거나 상처를 입은 리리스를 한설아가 치료해 줘야 할 상황이 올 수도 있으니까.

"그럼, 일단 난 일이 있어서 이만 가볼게. 설아는?"

"빨강 머리랑 같이 나갔어."

"차연주랑?"

"응. 요즘 둘이 자주 다녀."

"흐응."

고개를 끄덕이며 몸을 일으켰다.

차연주와 한설아. 느낌만으로는 물과 기름처럼 어울리지 않는 조합이었다.

'뭐, 오히려 그래서 더 친해질 수도 있겠지.'

그렇게 생각하며 발걸음을 움직였다.

찰박.

어두운 동굴. 습기 가득한 어둠을 걷는다. 바닥에 고인 물이 발에 밟혀 튀고, 비릿한 혈향과 음산한 분위기가 가득한 통로를 채우고 있다.

"쿨럭… 쿨럭."

희미한 기침 소리.

강우는 붉은 악마 가면을 들어 얼굴에 썼다.

"너도 참 질긴 놈이구나."

"……."

봉쇄의 권능에 제압된 채 묶여 있는 루시스. 그는 몸 곳곳에 상처가 가득했고, 처량할 정도로 초췌해져 있었다.

그가 날카로운 눈으로 강우를 노려봤다.

"죽여."

"죽이지 않는다."

"죽이라고!!"

"하하하하. 죽일 리가 없지 않은가."

강우는 피식 웃음을 터뜨렸다.

손을 뻗어 루시스의 치렁치렁한 은발을 움켜쥐었다. 그리고
강제로 머리를 당겼다.

"죽음을 구걸하지 마라. 네가 죽고 살고는 내 선택이니까."

"……"

루시스의 표정이 일그러졌다.

강우는 고개를 돌렸다. 발자하크가 보였다.

검은 로브를 걸친 발자하크. 그의 로브 곳곳에는 핏자국이
묻어 있었다. 평소 즐겨 입던 우스꽝스러운 에이프런도 지금
은 입고 있지 않았다.

"쉽게 굴복하지 않나 보지?"

-죄송합니다, 사탄 님.

깍듯이 고개를 숙인 그가 질린다는 목소리로 말을 이었다.

-제가 아는 온갖 흑마법들을 동원했지만… 꺾이지 않습니다.

"흠."

강우는 곤란하다는 듯 침음을 흘렸다.

'예상외네.'

솔직히 루시스가 이 정도로 질길 거라고는 예상치 못했다.

'곤란한데.'

절로 눈살이 찌푸려졌다. 루시스가 굴복되어 주지 않으면 그의 계획에 차질이 생긴다.

"킥."

루시스는 광기에 찬 웃음을 흘렸다.

"죽여. 절대로 네놈에게 굴복할 일은 없다."

"음……."

처음에는 쿨병 걸린 캐릭터의 허세라고 생각했지만 예상과는 달랐다. 루시스의 의지는 강우로서도 깜짝 놀랐을 정도로 단단했다.

'뭐 다른 방법 없나.'

종속의 권능이나 공포의 권능 같은 지배류 권능은 통하지 않았다. 봉쇄의 권능으로 그 힘을 약화시켜도 마찬가지. 괜히 대공의 핏줄인 것이 아니라는 것을 증명하듯 루시스에게는 지배의 권능이 일절 통하지 않았다.

'어떻게 해야 한다.'

한숨이 흘러나왔다.

'계획을 바꿔야 하나.'

불가능한 건 아니었지만 뭔가 타협하는 기분이 들어서 석연치 않다. 입만 살았다고 생각한 허세 캐릭터에게 지는 기분이랄까. 꽤나 불쾌한 기분이다.

찰박.

"역시 여기 계셨군요, 사탄 님."

그때 리리스가 동굴 안으로 들어왔다.

그녀는 묶여 있는 루시스를 힐끗 보더니 살짝 눈살을 찌푸렸다.

"저 꼬맹이는 아직 굴복하지 않았나요?"

"응."

"흥. 사탄 님을 번거롭게 하다니……."

리리스는 마음에 들지 않는다는 듯 눈살을 찌푸렸다.

곧 강우에게 다가온 그녀는 색기 어린 손길로 강우를 쓰다듬었다.

"저 꼬맹이 때문에 많이 피곤하시죠?"

"아니 별……."

"이럴 때야말로 제가 마… 사탄 님을 위로해 드려야 하는데."

리리스는 짙은 미소를 지었다.

"그러고 보니 요즘 밤을 함께 보낸 지도 오래됐네요. 어떤가요? 오늘 밤은 모든 근심을 잊으시고 저와 함께 휴식을 취하시는 건?"

"살려줘."

갑작스러운 리리스의 제안. 루시퍼와 악마교의 전투 상황을 체크하느라 정신없이 세계 각지에서 정보를 수집하고 다녔기 때문일까, 꽤나 욕구가 쌓여 있는 듯했다.

"후후훗."

찔걱. 찔걱.

그녀의 아름다운 흑발이 녹색 촉수로 변하기 시작했다. 그리고 얼굴이 갈라지며 18개의 눈동자가 나타났다.

강우는 반사적으로 뒷걸음질 쳤다.

그 순간.

"허, 허억!!"

'응?'

시종일관 시크한 모습을 유지하고 있던 루시스가 두 눈을 부릅떴다.

'뭐야?'

마치 귀신이라도 본 것처럼 경악한 모습. 그가 두 눈을 부릅뜨며, 몸을 격렬하게 떨었다.

악마가 귀신을 보고 놀랄 리는 없었으니 왜 갑자기 루시스가 저런 모습을 보이는지 상상이 되지 않았다.

'얘도 리리스 보고 기겁한 건가?'

왠지 모를 동질감이 들려고 할 때.

"세, 세상에… 저런 미녀가……."

"뭐?"

"어, 어떻게 이런… 아름다운 여인이 저 쓰레기 같은 놈을 따를 수 있단 말인가."

"뭐라고요, ×발?"

뒤통수를 후려 처맞은 기분.

리리스는 루시스를 바라보며 콧방귀를 뀌었다.

"흥, 꼬맹이 주제에 예쁜 건 알아가지고."

'아니.'

"엄마 젖이나 더 먹고 오렴."

'뭔 일이야 이게.'

혼란스러웠다.

시각으로 받아들이는 정보와, 루시스의 태도 사이에 존재하는 어마어마한 괴리감이 머릿속을 뒤엉키게 했다.

루시스는 입술을 깨물며 외쳤다.

"당신은 속고 있는 겁니다!"

"무슨 소리냐?"

"당신처럼 아름답고… 가녀린 여인에게 저 쓰레기는 어울리지 않습니다!"

"……한 번만 더 나의 왕을 쓰레기라고 부르면 그 입을 찢어버리겠어."

"크윽!"

루시스의 눈에서 투명한 눈물이 흘러내렸다.

그는 더듬거리는 목소리로 말을 이었다.

"부디 정신을 차려주세요. 처, 첫눈에 반했습니다. 당신을 지켜주고 싶습니다."

'뭐? 첫눈에… 뭐라고?'

"호호호호! 귀여운 말을 하는구나."

'이게 시바… 아니, 이게 이렇게 된다고?'

벌어진 입이 다물어지지 않았다. 강우는 머릿속이 혼란스럽다는 듯 이마에 손을 짚었다.

그때, 리리스가 그의 귀에 입을 가까이 가져다 대었다.

"마왕님. 저 꼬맹이를 굴복시키는 것 때문에 곤란하시다고 하셨죠?"

"어, 어어."

"후훗. 어쩔 수 없죠. 이 리리스가 해결해 드릴게요."

그녀는 우아한 발걸음으로 루시스에게 다가갔다.

"첫눈에 반했다고?"

"그, 그렇습니다."

"후후훗. 자세히 보니 좀 귀여운 것도 같구나. 어디… 네 말을 증명해 보거라."

찔걱. 찌거억.

리리스의 몸에서 촉수가 뻗어 나가고. 곧 루시스의 몸이 그녀의 촉수에 뒤덮였다.

"아, 아아! 이, 이 어찌 아름다운… 다, 당신은……."

"리리스라고 부르렴."

"리, 리리스 님……. 아, 아아!"

"호호호!!!"

"으으, 끼익!"

"……."

털썩.

강우는 그 자리에 쓰러졌다.

믿을 수 없는 광경이, 믿고 싶지 않은 광경이 눈앞에서 펼쳐지고 있었다. 악마 코스프레를 한 듯한 남자가 촉수에 희롱당하며 신음을 흘리고 있는 모습.

"우욱."

입을 막았다.

바닥에 엎드려 고개를 숙였다.

"우웨에에에에에엑."

"후우. 꼬맹이를 상대하는 건 지치네요."

혼미해지는 정신을 부여잡으며 동굴 밖으로 나와 한동안 심신을 진정시키고 있자니 리리스가 한숨을 내쉬며 나왔다.

강우는 피폐해진 눈으로 고개를 돌렸다.

"……잘됐어?"

"물론이죠."

리리스는 방긋 웃었다.

"지금 당장은 무리지만… 이대로 조금 더 시간이 지나면 제 말이면 무조건적으로 따르는 꼭두각시로 만들 수 있을 거예요."

"잘했어."

고개를 끄덕였다.

루시스를 꼭두각시로 만드는 것. 이번 계획에서 나름 중요한 역할을 차지하는 부분이었다. 지배류 권능도 통하지 않고 발자하크의 흑마법도 통하지 않게 되면서 반쯤 포기하고 있던 계획이 리리스의 도움으로 성공했다는 것은 고무적인 일.

'그 과정이 좀 그렇긴 했지만.'

차마 두 눈을 뜨고 볼 수 없는 끔찍한 광경이었다는 것은 부정할 수 없다.

'뭐, 그래도 효과가 좋았으니까.'

떨떠름한 표정으로 입을 다물었다.

리리스가 그에게 다가왔다. 우울한 목소리로 말했다.

"마왕님, 오해하지 말아주세요."

"……뭘?"

"이번에 사용한 촉수는 모두 잘랐습니다. 본체도 전혀 사용하지 않았죠. 그, 그러니까."

걱정스러운 표정으로 우물쭈물한다.

"바, 바람피운 것 아니에요!"

"……."

그렇게 생각한 적 없다. 오히려 그렇게 생각할 수 있다는 게 놀라울 정도.

"으으……. 저도 마왕님 외에 남자에게 이런 일을 하고 싶지 않았지만……."

"아, 응. 고마워."

강우는 어색한 표정으로 고개를 끄덕였다.

확실히, 리리스의 입장에서는 사랑하는 이를 두고 웬 정체 모를 꼬맹이 하나를 유혹한 셈이 되니 저런 반응을 보이는 것도 이상하지 않았다.

"괜찮아. 믿고 있으니까."

믿는다는 것은 거짓이 아니었다. 발록과 리리스. 이 두 악마는 그와 정말 오랜 시간을 함께했다. 믿고, 아끼지 않을 리가 없다. 적에게는 한없이 잔혹하지만, 그 칼을 아군에게 들이밀 수는 없다. 그건 왕이 아니라 정신 나간 망나니에 불과하다.

"아아."

리리스는 초롱초롱 눈을 빛내며 강우의 몸을 껴안았다. 인간 모습으로 있기 때문일까, 딱히 거부감이 들지는 않았다.

"아 참, 이럴 때가 아니었죠."

리리스는 고개를 저으며 떨어졌다.

"보고드릴 게 있어요."

처음 그를 찾아왔던 이유가 따로 있는 모양.

"좀 문제가 생겼어요."

"무슨 문제?"

"제가 주시하고 있던 악마교 거대 지부가 하나 있었는데요. 그… 티베트에 있었던 것처럼 수천 명이 있는 거대 지부예요."

"응."

"이번에 조금씩 정보를 흘려서 루시퍼를 그 지부 쪽으로 유도해서 전면전이 일어나도록 만들려고 했는데……. 계획이 좀 틀어졌어요."

"……계속 말해봐."

강우는 날카롭게 눈을 빛냈다.

"악마교 쪽에서 전면전을 피하려고 해요."

"흐음."

"전에 마몬이 나왔던 것처럼 뭔가 큰 한 수를 꺼내서 싸우기를 기대했는데……. 아무래도 이대로라면 악마교가 지부를 버리고 도망쳐 버릴 것 같아요."

"……."

굳게 입을 다문 강우는 가늘게 눈을 뜨고, 생각에 잠겼다.

'마음에 들지 않는데.'

루시퍼와 악마교 사이를 이간질시켜 두 세력의 전력을 소모시키고, 어부지리를 취하겠다는 계획이 어긋나고 있는 기분.

'대체 뭐지.'

악마교를 너무 과대평가했던 건가, 하는 생각이 들었다.

'아냐.'

고개를 저었다.

지구에 온 이후 계속해서 악마교를 봐왔다. 그들과 싸우고, 대적했다. 확신에 가까운 직감이 말하고 있었다.

'놈들에게는 숨겨둔 수가 있어.'

그것도 한두 개가 아닐 것이다.

구체적인 증거를 나열할 필요도 없었다. 그들은 마몬을 깨웠다. 그런데도 마몬은 그들을 '이끌고' 있다는 느낌이 아니었다. 만약 마몬이 그들을 이끌고 있는 수장이었다면, 그가 자신에게 패배한 이후 이 정도로 평탄하게 악마교가 돌아갈 리가 없다. 분명 다른 놈이 있다.

'진짜 사탄이 악마교 이끌고 있는 건 아니겠지?'

지나친 생각.

강우는 머릿속에 떠오른 가능성을 지웠다.

"어쨌든."

가만히 있을 수는 없었다.

"어쩔 수 없지."

몸을 일으켰다.

"어떻게 하시게요?"

"지금 놈들은 악의 위상이라는 존재를 섬기고 있지. 하지만 대부분 그 악의 위상이 누구인지는 몰라."

악마교에 기형적인 점 중 하나.

그들은 '악의 위상'을 섬긴다. 하지만 악의 위상이 정확히 누구인지, 애초에 악마인지 인간인지도 모른다.

아마 그 악의 위상이라는 존재가 자신의 정체를 감추기 위해 일부러 이렇게 만든 거겠지만, 광신도 집단에 가까운 단체치고는 굉장히 기형적인 구조인 것은 사실.

'보이지 않는 왕을 섬기는 것과 마찬가지니까.'

무슨 이유에서 이 정도까지 정체를 숨겼는지는 모르나 이건 이용할 수 있었다.

"그렇긴 하죠."

"그렇다면."

강우는 가면을 들었다. 이제는 가디언즈의 가면보다도 익숙해진, 붉은 악마의 가면.

"놈들의 왕이 되어줘야겠지."

짙은 미소가 가면에 가려졌다.

"이, 이길 수 없어."

"어째서 대공이 우리들을……. 사, 상부에서는 아무 지시도 없는가?"

"아직 아무 말도… 여, 연락도 닿지 않고 있습니다."

아프리카의 한 지역. 넓은 사막 아래 지어진 거대한 지하 기지 아래 십수 명의 사람들이 모여 있었다.

사막의 무더운 날씨에도 불구하고 검은 로브를 걸치고 있는 악마교도들. 이곳에 모인 것은 악마교도 중에서도 슬슬 간부 소리를 듣게 되는 추기경급들이었다.

쾅!

"이, 이럴 때조차 지시 사항이 없다니! 대체 어떻게 해야 한다는 말인가!"

"유, 율리아 님은?"

"율리아 님 또한 연락이 닿지 않습니다."

무거운 침묵이 내려앉고 짙은 한숨만이 방 안에 가득했다.

"악의 위상 님들은 이럴 때 대체……."

누군가 중얼거리는 말에 다들 몸을 움찔 떨었다.

악의 위상. 그들이 섬기고, 경배하는 존재.

하지만 그들이 섬기는 왕은 너무도 베일에 감추어져 있었다. 가장 위급한 상황에 왕이 모습을 보이지 않으니 병사들의 사기가 바닥을 치는 것은 당연.

"여기서는 어쩔 수 없이 후퇴를."

"예. 일단 후퇴를 하는 것이 좋을 것 같……."

쩌적!

그때, 갑작스럽게 허공에 검은 균열이 생겨났다.

"무, 무슨?"

"대체 어떻게 된 일……."

악마교도들은 갑작스럽게 나타난 균열을 향해 고개를 돌렸다.

저벅. 저벅.

붉은 악마 가면. 전신을 장막처럼 뒤덮은 어둠. 압도적인 위압감을 뿜어내는 존재가 천천히 발걸음을 옮겼다.

"히, 히익!"

"루, 루시퍼?"

이제까지 느껴보지 못한 거대한 마기에 자연스럽게 그 이름이 떠올랐다.

악마교도들은 새파랗게 질린 표정으로 몸을 떨었다.

붉은 악마 가면이 그들을 향했다.

-주인조차 알아보지 못하는 건가.

"……예?"

-쯧, 한심하군.

나지막한 목소리.

테이블 앞에선 정체불명의 존재가 가볍게 손을 저었다.

쿠웅!

"커헉!"

상석에 앉아 있던 추기경 하나의 몸이 뒤로 튕겨졌다. 압도적인, 경이로운 마기가 그들을 짓눌렀다.

드르륵.

그는 의자를 끌어 앉았다.

"당신은……."

"설, 설마."

-악의 위상은 지금 뭘 하고 있냐고 물었느냐?

의문을 자르듯, 낮은 목소리가 흘러나왔다.

-지금, 너희의 눈앞에 있다.

"아, 아아!"

붉은 악마 가면이 기울어졌다.

-나는 너희의 어버이다. 암흑의 창조주이며, 어둠의 지배자다.

점성을 띤 듯 끈적한 마기가 악마교도들의 몸을 휘감았다.

칼로 내려치듯, 그는 말했다.

-나는 사탄이다.

"아, 아아아!!"

"악의 위상이시여!!"

"사, 사탄이시여!!"

악마교도들이 무릎을 꿇었다. 전율했다.

사탄. 지구에서 그 존재를 모르는 이는 없을 것이다. 악마교도들은 이제까지 섬기고 있던 악의 위상의 정체에 몸을 떨었다.

-도망치려고 한다고?

"그, 그것이."

그 말을 꺼냈던 악마교도의 얼굴이 파랗게 질렸다.

사탄이 손을 뻗었다. 그러자 강렬한 흡입력과 함께 악마교도의 머리가 손에 빨려 들어왔다.

퍼석.

가볍게 주먹을 쥐어, 머리를 터뜨렸다.

곧 짙은 혈향이 방 안을 채웠다.

-악마는 도망치지 않는다.

"아, 으으."

"죄, 죄송합니다!"

머리를 조아리는 악마교도들.

-너희가 악마를 섬기는 이유는 무엇이냐.

사탄이 몸을 일으켰다.

-인간이 악마를 섬기는 이유. 경배하며, 경외하는 이유. 그것은 애초에 하나였다. 처음부터 정해져 있지.

열망과 갈망과, 광기에 찬 목소리로 말을 이었다.

-영생? 죽지 않고 노예로 영원을 사는 게 무슨 의미가 있지? 욕망? 충족되지 않은 욕망은 저주에 불과하다. 너희는 고작 그런 것 따위로 악마를 섬기지 않았다.

쿵, 발을 구르며 말을 이었다.

-힘! 타자를 짓밟으며 그 위에 오롯이 존재할 수 있는 힘! 너희는 그것이 필요했던 것이 아닌가!

사탄의 외침에 악마교도들은 몸을 떨었다. 피부 위에 소름이 돋았다.

-도망친다고? 타협한다고? 악마에게 그런 것은 없다! 갈망하고, 싸워라! 쟁취해라! 적을 죽이고 그 살점을 뜯어 먹어라! 피를 마셔라! 우리는 그것을 위해 존재했다!!

"아, 아아."

그야말로 순식간. 등장한 지 1분도 채 지나지 않아서 좌중을 압도하는 카리스마. 악마교도는 그 압도적인 존재감에 벌어진 입을 다물지 못했다.

사탄은 품속에서 무언가를 꺼내어 테이블 위에 던졌다.

짜랑.

수십 개에 달하는 검은 보석이 테이블 위에 흩어졌다.

"이, 이건."

"마정……?"

-먹어라.

사탄이 읊조렸다.

-내 힘을 주겠다. 싸워라. 감히 악마교를 능멸하는, 거짓된 대공을 죽여라.

붉은 가면 속 눈이 타올랐다.

-나를 위해, 죽어라.

"아아아아!!"

"사탄이시여!!"

"악의 위상이여!!!"

광기를 띠기 시작한 악마교도.

가면 너머, 사탄의 입가가 올라갔다.

탁, 타닥!

다급한 발걸음.

얼음으로 이루어진 거대한 동굴을 한 인영이 달렸다.

곧 로브의 후드가 벗겨지며 그 얼굴이 드러났다. 화상에 의해 흉측하게 일그러진 얼굴.

끔찍한 외모를 가진 인간은 거친 숨을 몰아쉬며 달렸다.

머지않아 그녀의 눈앞에 거대한 검은 구체가 나타났다. 거인의 심장처럼, 맥동하고 있는 검은 구체.

공동으로 들어온 여인, 율리아가 외쳤다.

"사, 사탄 님!!!"

쿠구구구구궁!!

지축을 울리는 굉음. 천장에서 쏟아진 얼음 가루가 바닥에 떨어졌다.

검은 구체가 꿈틀, 움직인다.

-무슨 일이냐.

"저, 그, 그게……."

율리아는 말을 더듬었다.

사탄은 검은 어둠에 쌓인 몸을 꿈틀거렸다.

-말하라. 나를 깨운 이유가 합당하지 않다면 네년의 영혼을…….

"사탄 님."

율리아는 꿀꺽 침을 삼켰다.

"사탄이 나타났습니다."

-…….

무겁게 내려앉은 침묵.

-……뭐?

뭔 소리야 그게?

-무슨… 헛소리냐 그게.

꾸르륵.

사탄을 감싸고 있는 어둠이 꿈틀, 움직였다. 이해할 수 없다는 목소리가 흘러나왔다.

"……누, 누군가 사탄 님을 사칭하고 있습니다."

-나, 를?

"예, 옛!"

숨 막히는 위압감. 당황과 분노가 섞인 목소리.

율리아는 새파랗게 질린 얼굴로 고개를 끄덕였다.

-감히 누가 나, 사탄을 사칭한단 말인가?

이해할 수 없었다.

"모, 모르겠습니다."

-율리아, 교단을 대체 어떻게 관리한 거지?

"죄, 죄송합니다! 루시퍼의 세력과 교전 때문에……."

-루시퍼의 세력과의 교전?

그건 또 무슨 뜬금없는 소리란 말인가.

"루시퍼가 나타나 악마교를 습격하고 있습니다."

-뭐라?

"그, 그리고 추측입니다만……. 그 사탄 님을 사칭하는 자가 이 싸움을 만든 것 같습니다."

-…….

사탄은 굳게 입을 다물었다.

머릿속이 멍해지는 듯한 감각.

헛웃음이라도 흘리고 싶었지만 지금 '마의 근원'을 흡수하고 있는 탓에 그럴 수도 없었다.

-대체, 누가.

대공을 사칭한다고? 그런 짓을 하기 위해서는 최소한 대공급의 힘을 갖추지 않고서는 불가능하다. 악마교도들이 눈이랑 뇌가 없는 것도 아니고 어쭙잖은 마기로 그를 흉내 냈다가는 바로 들켰을 것이다.

-설마.

머리를 번뜩이는 한 가지 가능성. 사탄을 몸을 덮은 어둠이 요동쳤다.

사탄에게서 공포에 질린 목소리가 흘러나왔다.

-마왕……?

생각하고 싶지 않은 가능성.

-아니, 그자는 죽었다.

머리가 있었다면 고개를 저었을 것이다.

지구로 왔을 때, 차원의 벽에 마왕의 기운이 사라지는 감각을 느꼈다. 실제로 지구에 온 이후 수천 년 동안 마왕은 모습을 보이지 않았다.

그런데 이렇게 갑자기 마왕이 부활할 리가 없다.

-그럴 리가 없어.

자기 자신에게 최면을 걸듯, 감당할 수 없는 공포에서 시선을 돌리듯 중얼거렸다.

"사탄 님……?"

율리아는 당황했다.

사탄을 섬긴 지 수백 년. 이 정도로 당황한 사탄의 모습을 보는 것은 처음이었다. 아니, 애초에 '공포'를 느끼고 있는 사탄의 모습을 보는 것 자체가 처음이었다.

-다른 위상들은 뭘 하고 있지.

"벨페고르 님과 혈마객 님은 근원을 흡수 중이십니다. 칼기아 님은……."

-아직 예언의 악마에 대해 연구 중인가.

"예."

어둠이 일렁였다.

지금 움직일 수 있는 존재가 마땅히 없었다.

-흐음.

지금 누가 그를 사칭했는지는 중요치 않았다.

중요한 것은 루시퍼가 악마교를 습격하고 있다는 것. 사칭범을 찾는 것보다 루시퍼를 설득하는 것이 급하다.

-……어쩔 수 없군.

사탄의 몸을 감싸고 있는 어둠이 꿈틀거렸다.

선택의 여지가 없다.

살을 도려내듯, 사탄을 감싸고 있는 어둠의 일부분이 떨어져 나갔다.

"강우 님."

"응."

방 안으로 들어오는 리리스.

침대에 걸터앉아 가볍게 마해의 열쇠를 점검하고 있던 강우는 고개를 끄덕였다.

"아프리카 쪽에서 악마교의 거대 지부와 전면전이 시작됐습니다."

"상황은?"

리리스는 방긋 미소를 지었다.

"루시퍼 세력이 압도하고 있습니다만… 그쪽도 손해는 만만치 않은 것 같습니다."

마몬급의 존재가 나타나지 않은 것은 아쉬웠지만 역시 수천 명 가까이 악마교도가 밀집되어 있는 거대 지부의 저력은 나쁘지 않았다. 그가 목표로 생각하던 기준점까지는 루시퍼 세력의 전력을 갉아먹는 것이 가능했다.

"루시퍼는?"

가장 중요한 것은 이것. 이번 일로 인해 루시퍼의 전력이 얼마나 손실되었는가.

기대감이 담긴 눈빛으로 물었다.

리리스는 막힘없이 답했다.

"확실하게 지친 기색이 보입니다."

"좋네."

강우는 입가를 올리며 고개를 끄덕였다.

대공이라고 해서 체력이 무한한 것은 아니었다. 싸움을 이어갈수록 체력이 깎이고, 정신에 피로가 쌓인다. 적당히 치고 빠지는 전략을 취하면서 체력을 회복하면 모를까 지금 루시퍼처럼 광기에 물든 채 전투를 이어가면 당연히 지칠 수밖에 없었다.

'그 정도로 아들이 소중했던 건가.'

그가 알고 있던 루시퍼라고 생각하기 힘든 모습.

에르노어 대륙에 떨어진 이후 루시퍼가 변했다는 생각이 들었다.

'상관없지.'

그가 바뀌건 말건 중요한 것이 아니었다. 지금 자신에게는 대공의 영혼이 필요하고, 루시퍼는 이용하기 딱 좋을 정도로 '물러'졌다. 그 점이 중요했다.

"루시스는 지금 어떻지?"

입술을 핥으며 리리스에게 물었다.

리리스는 요염한 미소를 입가에 머금었다. 그리고 손으로 입가를 가린 채 야릇한 웃음을 흘렸다.

"이미 제정신이 아니에요. 아마 제 말이면 목숨도 간단히 포기할걸요?"

"그 정도로는 부족해."

강우는 웃었다.

"목숨보다 소중한 걸 포기할 수 있어야지."

"……어머."

리리스는 눈을 반짝였다.

그녀는 약에 취한 듯 몽롱한 표정으로 강우의 뺨을 쓰다듬었다.

"왕이 생각하시는 바는 충분히 이룰 수 있을 거예요."

"그러면 됐고."

리리스는 허언을 하지 않는다. 그녀의 말이라면, 루시스는 이미 완전히 그녀의 노예가 됐다고 판단해도 좋을 것이다.

"다른 애들은?"

"발록이랑 발자하크는 준비 중이에요. 조금 고민인 게 에키드나인데……. 개인적으로 이번 작전에는 에키드나는 제외시키는 게 좋을 것 같아요."

"이유는?"

덤덤히 묻자 리리스가 몸을 비틀었다. 그러자 그녀의 머리칼이 촉수로 변해 꼬물꼬물 움직였다.

"그런 귀여운 아이에게 어떻게 싸우게 할 수 있겠어요? 하으, 마음만 같아서는 제 촉수로 그 아이를 그냥……."

"제발 우리 에키드나한테 아무 짓도 하지 말아줘."

"후후훗. 하아, 만약 나중에 강우 님의 아이를 낳으면 이런 기분일까요……."

다행히도 에키드나는 한설아와 리리스, 두 여인에게 모두 인기 폭발인 것 같았다.

'좋은 일이지.'

에키드나는 아직 어색한 한설아, 김시훈 등을 비롯한 지구의 인연과 발록, 리리스와 같은 지옥의 인연 사이의 연결 다리가 되어줄 수 있을 것이다. 지금 당장은 필요 없을지 몰라도 장기적으로는 필요한 일이었다.

'돈 많은 백수로 살기 위해서!'

최대한 분란이 생길 가능성을 지워두는 것이 좋았다.

"그러면 일단 에키드나에게는 얘기하지 마."

강우는 자리에서 일어섰다.

사실 이번 '계획'에 대해서는 에키드나에게 보여주고 싶지 않은 것이 사실이었다.

'다른 애들한테도.'

한설아, 김시훈, 차연주를 비롯한 동료를 이번 계획에 참여시키지 않은 이유도 마찬가지.

그들은 아직 자신에 대해서 잘 모르고 있다. 받아들일 준비가 되어 있지 않다.

"가자."

"예, 강우 님."

달칵.

문을 열었다.

"앗."

문 앞에 놀란 표정의 한설아가 보였다. 그녀는 커피 잔이 올려진 쟁반을 든 채 움찔 몸을 떨었다.

"버, 벌써 가시게요?"

한설아는 리리스를 힐끔 쳐다보며 물었다. 리리스에 대해서는 이미 설명했지만, 아직 그녀가 어색한 모양.

"후훗. 예. 강우 님과 은밀한 약속이 있……."

"헛소리하지 마."

가볍게 리리스의 머리를 쥐어박았다.

강우는 손을 뻗어 한설아가 준비해 준 커피 잔을 들어 단숨에 마셨다. 뜨거운 커피가 목구멍을 타고 넘어갔다.

"잠깐 나갔다 올게."

"아, ……예."

어딘가 쓸쓸한 표정.

잠시 침음을 삼키던 강우의 머릿속에 에키드나의 말이 떠올랐다.

"이번 일 끝나면 에키드나랑 애들 데리고 바람이라도 쐬러 갈까?"

"앗, 조, 좋아요! 가고 싶어요!"

한설아가 맹렬히 고개를 끄덕였다. 에키드나와 비슷한 반응.

강우는 가볍게 웃으며 고개를 끄덕였다.

"흐웅."

리리스가 흥미롭다는 듯 한설아를 바라봤다.

[저 인간 여자도 마왕님의 매력에 푹 빠진 모양이네요.]

[시끄러.]

자신에게 들리는 목소리로 말하는 리리스. 괜히 그녀가 헛짓을 하지 못하도록 차갑게 답했다.

"잘 다녀오세요."

"응."

"그… 쿠로사키 씨, 가 아니라 리리스 씨도 잘 다녀오세요."

"호호. 나중에 또 얘기해요, 설아 씨."

둘은 집 밖으로 나왔다.

굳게 닫힌 문을 물끄러미 바라보던 리리스가 입을 열었다.

"그런데 설아 씨 등에 날개 문양의 문신이 떠오르고 있다고 하셨죠?"

"아, 응. 처음에는 두 장이었는데 지금은 네 장이 됐더라고."

시간이 지날수록 한설아의 등에는 천사의 날개를 연상시키는 문양이 선명해지고 있었다.

"음. 예전에 아몬에게 들은 적이 있었던 것 같은데……."

"아몬에게?"

"예. 천사들에 관해 얘기할 때 뭐라 말하긴 했는데……. 워낙 관심이 없어서 그런지 기억이 안 나네요."

그녀에게 있어서 강우 외에 존재가 하는 말은 관심사가 아니었다.

"……."

한설아에 대한 얘기다 보니 관심이 솟았지만 이내 다시 발걸음을 옮겼다. 지금은 그녀에 대해 생각할 때가 아니었다.

"그럼."

가볍게 발을 박차고, 날아올랐다.

"슬슬 시작하자고."

콰아앙!!

굉음이 울렸다.

대지가 찢겨 나가며 끔찍한 비명이 터져 나왔다.

"마, 막아!!"

"아아아아악!!"

"괴, 괴물."

아프리카에 있는 드넓은 초원. 그곳은 지옥이라고 부르기도 민망할 정도로 처참하게 망가져 있었다.

찢겨 나간 지반, 뒤틀린 땅 위를 한 악마가 걸었다.

등 뒤에 돋아난 열 장의 검은 날개. 이마에 돋은 산양의 뿔과, 검은 피부. 키는 그다지 크지 않았지만, 외모는 인간과 닮지 않았다. 추악하게 일그러진, 괴물과도 같은 얼굴. 도깨비를 연상시키듯 흉악한 외모를 가진 악마는 망가진 대지를 걸으며 손을 뻗었다.

콰드드드드득!!

"아아아아악!!"

그가 한 번 손을 뻗을 때마다 허공에 검은 구체가 만들어졌다. 그리고 강렬한 흡입력에 십수 명의 악마교도의 몸이 빨려 들어갔다.

뼈가 으스러지는 섬뜩한 소리가 들렸다.

"후우."

악마교를 학살하고 있는 악마, 루시퍼의 입에서 깊은 한숨이 흘러나왔다.

-루, 루시퍼 님. 조금은 쉬시는 게…….

그의 뒤를 따르던 악마가 걱정스럽게 말했다.

루시퍼는 고개를 저었다.

"쉬지 않는다."

그의 아들, 루시스가 사탄의 손에 잡혀갔다. 쉴 수 있을 리가 없었다.

루시퍼는 자신의 손을 내려다보았다.

'지구로 왔기 때문인가.'

에르노어에 있었을 때에 비해서 훨씬 나약해져 있었다. 악신이 된 그는, 이미 과거 대공이었을 때를 넘어섰으니까.

시간이 지날수록 지구에 적응하듯 다시 힘이 되돌아오고 있었지만, 지금은 그것을 기다릴 시간이 없었다.

'어쩔 수 없지.'

약해진 지금도 과거 구천지옥에 있던 시절만큼의 힘은 낼수 있다. 마왕을 죽여 마해를 흡수한 사탄이 어느 정도인지는알 수 없지만, 아예 싸워볼 수 없을 정도는 아닐 것이다.

"다음 장소로 간다."

몸을 돌리려 했다.

-루, 루시퍼 님!!

부하 하나가 다급히 달려왔다.

루시퍼는 눈살을 찌푸리며 몸을 돌렸다. 그리고 두 눈을 부릅떴다.

-루, 루시스 님이 저기에 쓰러져 계셨습니다!

"……뭐라고?"

다급히 발걸음을 옮겼다.

부하가 어깨에 메고 온 것은 루시스가 틀림없었다.

"다들 비켜라!"

아들이 납치당했다는 압박감과 지구에 온 이후 쉬지 않고 이어진 전투. 루시퍼의 인내가 바닥을 보였다.

판단이 흐려졌다. 이성을 잃었다. 아들이 눈앞에 있는데, 다른 것을 생각할 수 없었다.

그는 바닥에 쓰러진 루시스를 끌어안았다.

"루시스! 정신 차려라!"

"아, 버지……?"

루시스가 눈을 떴다.

눈에 보이는 상처는 없었다. 루시퍼가 안도의 한숨을 내쉬었다.

"멍청한 자식."

"죄, 죄송합니다. 아버지."

"사탄은 어디 있……."

푸욱.

섬뜩한 소리. 날카로운 무언가가 심장을 파고든 것이 느껴졌다.

"쿨, 럭."

검은 피가 토해졌다.

루시퍼는 믿을 수 없다는 듯, 루시스를 내려다보았다.

"아들아, 무, 슨 짓을……."

루시스의 입가가 비틀어 올라갔다.

그는 광기에 찬 목소리로 말을 이었다.

"당신을 계승하는 중입니다, 아버지."

"크윽."

루시퍼는 눈을 부릅뜬 채 쓰러졌다.

저 멀리 보이는 검은 균열. 그 균열 사이로 붉은 악마 가면이 나타났다.

"사, 탄."

낄낄낄.

악마의 웃음소리가 귓가에 들려왔다.

"너."

참을 수 없는 분노가 끓어올랐다.

머릿속이 뜨거웠다. 심장을 꿰뚫은 날붙이보다, 루시스가 자신을 찔렀다는 사실이 더욱 그를 가슴 아프게 만들었다.

시야가 흐릿해졌다. 의식이 끊어지며 이성이 날아갔다. 광기가, 그의 몸을 채웠다.

"사, 타아아아아아아아안!!!"

쿠웅!!

루시스를 떼어낸 채, 발을 굴렀다. 열 장의 검은 날개가 활짝 펼쳐지고 광기에 찬 목소리가 울려 퍼졌다.

그 목소리가 사탄에게 닿기도 전에, 음속을 넘는 속도로 쏘아졌다.

손을 들었다. 검은 구체가 떠올랐다.

잡고, 내려찍었다.

-좋은 모습이야.

사탄, 아니, 그 가면 아래 얼굴을 숨긴 강우가 말했다.

'제대로 먹혔군.'

리리스에게 세뇌당한 루시스. 그를 이용한 회심의 공격. 악마교와의 쉼 없는 교전으로 어느 정도 지쳐 있던 루시퍼에게 꽤나 큰 대미지가 되었다.

한눈에 보아도 구천지옥에서 상대했던 루시퍼에 비해 약한 모습에 입가에 절로 미소가 지어졌다.

강우는 손을 당겼다. 그리고 루시퍼의 주먹을 응시했다.

'하늘 부수기.'

두 개의 권능이 교차했다.

진각을 밟으며, 주먹을 뻗었다.

쿠구구구구구구궁!!

대지가 뒤틀렸다.

지진이라도 일어난 것 같은 굉음과 함께 딛고 있던 지반이 내려앉았다.

발을 박차고 공중으로 날아올라 가볍게 손을 저었다. 장막처럼 몸을 뒤덮은 어둠에서 검은 칼날이 쏘아졌다.

"네노오오오오옴!!!"

루시퍼가 포효했다. 마기가 요동치며 퍼졌다.

강우가 날린 칼날이 마기에 튕겨 바닥에 떨어졌다.

'뒤져도 대공이라 이건가.'

루시퍼는 일곱 대공 내에서도 서열 3위의 악마였다. 아무리 지치고, 상처를 입었다고 해도 그는 강했다.

'하지만.'

입가가 올라갔다.

상대하지 못할 정도는 아니다. 그 정도면 충분했다.

"이, 쓰레기 새끼!!! 미친놈!! 어떻게, 어떻게 이런 끔찍한 짓을 한단 말이냐!!"

루시퍼가 발작을 일으키듯 외쳤다.

사실, 지금 상황만 놓고 보면 당연한 반응이다.

아들을 조종해 아버지의 가슴을 찌른다. 이보다 패륜적이고, 사악하며, 쓰레기 같은 짓이 어디 있겠는가. 하지만, 그런 말을 '루시퍼'가 하니 헛웃음이 흘러나왔다.

－…….

강우는 굳게 입을 다물었다.

방금 루시퍼가 외친 말에는, 그도 좀 화가 났다.

'강우, 님.'

'죄송… 합니다.'

아주 짧은, 과거의 기억이 머릿속을 스쳐 지나갔다.

아직 그가 마왕이라고 불리기 전, 구천지옥에서 일곱 대공과의 전쟁을 이어나가고 있을 때. 그의 부하들이 죽어가며 내뱉었던 말들이 귓가에 들리는 것 같았다.

당시 자신에 비해 압도적으로 강했던 루시퍼의 세력에게 붙잡힌 부하들. 폭탄을 끌어안고 아군을 향해 달려들어야만 했던 놈들. 잊으려고 노력했던 기억이, 머릿속에 억지로 재생된다.

-지랄하고 있네.

분노에 떠는 루시퍼를 바라보며 낮게 읊조렸다.

뿌린 대로 거둔다는 말은 믿지 않는다. 대부분의 경우 뿌린 놈과 거두는 놈은 다르다.

하지만 그렇다고 해서 과거 자신의 부하들을 이용해 온갖 미친 짓을 일삼았던 악마가 뻔뻔하게도 저런 소리를 하니 절로 표정이 일그러졌다.

-전에도 말하지 않았나?

악마의 싸움에 누가 도덕을 신경 쓴단 말인가. 누가 양보를 하고, 타협을 한단 말인가.

양보를 하면 죽는다. 타협을 하면 패배한다. 살기 위해서는 수단과 방법을 가려서는 안 된다. 악의에는 더 큰 악의로. 살의에는 더 큰 살의로. 그걸 잊는 순간, 잡아먹히는 것은 자신이다.

-악마의 싸움에 무엇을 기대했나?

"찢어 죽여 버리겠다, 사탄."

더 이상 그의 목소리는 들리지 않는 모양.

루시퍼는 광기로 일그러진 표정으로 살기를 뿜었다. 그의 이성이 남김없이 분노에 잡아먹힌 것이 보였다.

'그래, 이렇게 돼야지.'

분노에 미친 루시퍼를 바라보며, 가볍게 웃었다.

루시퍼가 이성을 잃고 날뛰는 것. 루시스를 통해 상처를 입힌 것보다 그쪽이 오히려 이득이었다. 분노할수록 행동은 단순해지고, 판단은 흐려지게 마련이니까.

강우는 가늘게 눈을 뜨며 루시퍼의 움직임을 살폈다.

'온다.'

쿠웅!

루시퍼가 발을 박찼다. 활짝 펼쳐지는 열 장의 날개. 수천 개에 달하는 깃털이 비처럼 쏟아진다.

'통찰의 권능.'

붉은 가면 너머 눈이 빛났다. 그러자 수천 개의 깃털이 쏟아지는 경로가 머릿속에 들어왔다.

몸을 낮게 숙이고 발을 구른다. 포탄 사이를 질주하듯, 강렬한 마기를 머금은 깃털 사이를 질주했다.

오른손을 뒤로 뻗었다. 마해의 열쇠가 검붉은 창의 모습으로 변했다. 그것을 잡고, 던졌다.

"너는 내 아들에게 손을 뻗어서는 안 됐다."

루시퍼가 이글거리는 눈빛으로 말하며 손뼉을 쳤다. 검은 구체가 나타나 마해의 열쇠를 튕겨냈다.

루시퍼는 검은 구체 안으로 손을 뻗었다. 기다란 창 한 자루가 그의 손에 잡혔다.

'오만.'

루시퍼가 지닌 지옥 무구. 그의 힘을 상징하며, 존재를 정의하는 강력한 무기.

루시퍼가 몸을 당겨 오만을 손에 쥔 채, 강우를 향해 질주했다.

촤악!!

그때, 화염을 머금은 채찍이 루시퍼를 후려쳤다. 그는 표정을 일그러뜨리며 고개를 돌렸다.

"너는……."

-사탄 님의 충실한 부하, 요그사론이라고 한다.

녹색 촉수에 뒤덮인 악마가 낮은 웃음을 흘렸다.

'요그사론.'

들어본 적 없는 이름이다.

생각을 이어가던 루시퍼는 이내 고개를 저었다. 그런 것을 생각할 시간이 없었다.

"오만의 군세들아."

부하들에게 명했다.

"감히 나, 악신 루시퍼에게 검을 들이민 악마에게 징벌을."

-옛!!

-죽여랏!!

루시퍼의 권속들이 괴성을 지르며 달려들었다.

하지만 그 숫자는 많지 않았다. 악마교와 이어지는 싸움에서 권속들의 숫자는 급격히 줄어들었다.

-발자하크.

-무엇이든 명하십시오, 사탄이시여.

사탄이 나타난 검은 균열 속에서 검은 로브를 뒤집어쓴 해골이 나타났다.

음산한 웃음을 흘리며 검은 수정구슬을 쓰다듬었다. 무엇이든 명하라고 했지만 지금 이 상황에서 강우, 아니, 사탄이 무엇을 명령할지는 이미 정해져 있었다.

-죽여.

-모든 것은 사탄 님의 뜻대로.

수정구슬에서 마기가 폭발했다.

악마교와 루시퍼의 권속들 사이에서 이루어진 전쟁. 그 전쟁 속에서 죽은 악마들의 시체가 몸을 일으키기 시작했다.

"크르르르르!!"

또각. 또각.

시체의 군세를 이끌 듯, 검은 균열에서 나타난 검은 기사가 선두에 나섰다.

-끌끌끌.

발자하크가 음산한 웃음을 흘렸다.

텅 빈 눈두덩에서 노란빛이 일렁였다.

-가거라, 레이날드.

죽음의 기사의 이름을 불렀다. 해골마를 타고 있던 데스 나이트는 허리춤의 검을 번쩍 들어 올렸다.

"흐오오오오오오!!"

유령의 포효. 언데드 군단과 루시퍼의 권속이 격돌했다.

"사탄……."

루시퍼는 가늘게 눈을 떴다.

"기어코, 끝을 볼 생각이구나."

-그러지 않았다면 애초에 시작조차 하지 않았겠지.

강우는 느긋한 표정으로 말을 이었다. 모든 것이 계획대로 흘러가고 있었다.

'문제는 루시퍼를 잡고 나올 천사인데.'

그 부분도 사실 큰 신경 쓰지 않았다.

'천사들은 내가 악마라는 것을 알아보지 못할 테니까.'

이 점에 대해서는 확신이 있었다.

마기의 지배자, 그가 플레이어로 각성하며 얻은 특성으로 인해 그는 완벽하게 마기를 감추는 것이 가능했다. 영웅신 티리온도, 이계에서 온 여신 베니고어도 그가 악마인지 알아보지 못했다.

물론 티리온의 경우 그와 '연결'된 후에는 그가 악마라는 것을 눈치챘지만 천사와 영혼을 주고받을 일 자체가 없다.

'결국 천사들이 노리는 건.'

아직 모습을 보이지 않은 '악의 위상'들을 노리게 될 것이다.

절로 입가에 미소가 지어졌다.

루시퍼와 악마교 사이를 이간질한 것과 마찬가지. 자신은 가디언즈의 일원으로서, 빛의 전사 오강우로서 천사와 악의 위상들 사이에서 적당히 눈치를 보며 이득을 챙기면 됐다.

'발록이랑 발자하크는 숨겨야겠지만.'

그의 권속들과는 영혼 자체가 이어져 있기 때문에 '마기의 지배자' 특성의 효과를 같이 볼 수 있었다. 때문에 천사들의 눈을 속이는 것은 문제가 아니다.

하지만 발록과 발자하크는 마기를 감춘다고 해도 외모가 문제. 발록은 그림으로 그린 것 같은 악마의 모습을 하고 있고 발자하크는 해골이다. 마기가 느껴지지 않는다고 해서 경계하지 않을 리가 없다.

에키드나와 리리스는 인간의 모습을 할 수 있으니 괜찮다고 해도 발자하크와 발록은 철저하게 숨겨야 했다.

'그래도 이득이야.'

천사들이 적극적으로 움직여 준다면, 그를 대신해서 악의 위상들을 찾아내고 싸워준다면 그 이상 바랄 게 없었다. 오히려 루시퍼가 천사의 세력을 지구로 불러와 주는 것에 감사 인사라도 해야 할 상황.

'아주 좋아.'

톱니바퀴가 맞물리듯 아름답게 진행되는 상황에 절로 미소가 지어졌다.

-자, 이제 끝을 내자.

강우는 손을 뻗었다. 그러자 거대한 마기가 맺혔다.

"……"

'오만'을 든 루시퍼가 이글거리는 눈빛으로 창대를 쥐었다.

일촉즉발의 상황. 마무리를 향해 달려가는 전투.

그때였다.

쿠우웅!!

'뭐야?'

하늘에서 날아온 무언가가 바닥에 착지했다.

강우와 루시퍼의 시선이 갑작스럽게 나타난 정체불명의 존재를 향했다.

-나는 죽음이다.

'어?'

붉은 악마 가면. 장막처럼 몸을 뒤덮은 어둠.

-나는 종말이다.

'야, 잠깐만 시바.'

절로 입이 벌어졌다.

어둠을 뒤덮은 붉은 가면의 말이 이어졌다.

-모든 분노한 자의 어버이이며, 분노 그 자체다.

'뭐야 이거.'

-나는.

'아니, 이게 무슨 일이야.'

붉은 가면 너머로 노란 눈동자가 비쳤다.

-사탄이다.

"……."

"……."

침묵이 흘렀다.

붉은 가면을 쓴 존재가 고개를 돌렸다.

-루시퍼, 대화를 하러 왔다. 무슨 이유에서인지는 모르나 오해가 있다. 나는 너와 싸울 생각이…….

말을 잇던 사탄은 지금 상황을 보고는 흠칫 몸을 떨었다.

강우와 사탄의 눈이 마주쳤다.

-이게 대체 무슨. 네놈은 누구…….

어리둥절한 목소리로 물었다.

그때, 그의 머릿속에서 율리아에게 들었던 말이 떠올랐다.

-그렇군! 네놈이 바로 그 나를 사칭…….

쿠우웅!!!

강우는 거칠게 발을 구른 후 손을 뻗어, 사탄을 가리켰다.

-하! 사탄의 이름을 사칭하다니! 죽음이 두렵지 않은가!

-뭐? 사칭? 그게 무슨 헛소…….

-닥쳐라!

-아니, 사칭은 네놈이…….

-어디서 감히 나, 사탄을 이름을 입에 올리는가!

손을 뻗어 불길의 권능을 사탄을 향해 뿌렸다. 그리고 분노에 찬 목소리로 외쳤다.

-내가 바로 사탄이다!!!

'으아아아, 씨바 이게 뭐 어떻게 되어가는 거야!!!'

머릿속이 혼란스러웠다.

갑작스러운 사탄의 등장에 일단 되는 대로 입을 털기는 했지만 당황스러운 것은 마찬가지. 대체 지금 상황이 어떻게 흘러가고 있는지 알 수가 없었다.

'저 새끼 진짜 사탄이야?'

아니, 대체 이게 무슨 우연의 일치란 말인가. 심지어 붉은 악마 가면에 장막처럼 어둠을 두르고 있는 것까지 일치했다. 솔직한 심정으로는 사탄이 아니라고 생각하고 싶은 상황. 리리스의 악질적인 장난이라고 생각하고 싶었다.

'그럴 리가.'

고개를 저었다.

리리스는 일견 막무가내처럼 보여도 공과 사는 명확히 구분할 줄 안다. 이런 의미도 없고 계획에 방해만 되는 일을 그녀가 할 리가 없었다.

'그렇다면.'

저 눈앞의 악마가 진짜 사탄이란 의미.

'분명 루시퍼와 대화하고 싶다고, 오해가 있다고 말했지.'

여기서 얻어지는 결론은 하나. 지금 누가 가장 루시퍼와의 교전을 피하고 싶냐를 생각하면 답은 간단했다.

'악의 위상.'

악마교를 이끌고 있는 존재. 악마교를 만들어낸 존재. 끝없는 분란을 만들어내며 지구에서 일어나는 모든 위협과 악의 씨앗이라고 할 수 있는 존재. 사탄이 바로 그 악의 위상 중 하나라고 밖에 생각할 수 없었다.

"허."

절로 헛웃음이 흘러나왔다.

이제까지 치트 키마냥 위기의 상황에서 사용해 오던 사탄이라는 이름. 그 악마가 진짜 존재하며, 악마교를 이끄는 악의 위상 중 하나라고는 전혀 생각지 못했다.

'이런, 시바.'

치트 키를 남발하다가 버그가 걸린 듯한 감각. 이제까지 뿌려둔 것이 워낙 많다 보니 대체 어떻게 수습을 해야 할지 감도 잡히지 않았다.

'가만히 내버려 두면 안 돼.'

가장 확실한 것은 한 가지. 지금 '진짜' 사탄의 등장을 손 빨며 구경할 수는 없다는 점.

다른 건 다 제처두더라도 절대 들켜서는 안 되는 두 가지가 존재했다. 하나는 자신이 예언의 악마라는 사실. 다른 하나는 그의 손으로 직접 레이날드와 알렉을 죽였다는 사실이다.

그가 마왕이라는 것을 들켰을 때와는 차원이 다르다. 그것은 어떻게든 기지를 발휘해 넘길 수 있는 수준이었다.

하지만 위의 두 가지는 다르다. 사탄이 실제로 존재하며, 자신이 그를 연기하고 있었다는 것이 들킨다면.

'파멸이다.'

길게 생각할 것도 없다. 이제까지 지구에서 쌓아온 모든 신뢰, 모든 관계가 파탄 난다.

무슨 수를 써서라도 진짜 사탄의 존재가 나오는 것은 막아야 했다. 아니, 적어도 자신이 '가짜'라고 밝혀지는 것만큼은 막아야 했다.

'잠깐 근데.'

강우는 가늘게 눈을 떴다.

붉은 악마 가면에, 칠흑의 어둠을 뒤덮은 악마. 아무래도 '진짜 사탄'일 가능성이 높은 악의 위상을 노려보았다. 그에게서 풍겨 나오는 마기를 느꼈다.

'좀 약하지 않아?'

루시퍼는커녕 마몬만도 못하다. 솔직히 대공이라고 쳐주기도 조금 애매하다. 아마 상황이 이렇게 공교롭지 않았다면 악의 위상이 아닌 사도급으로 생각했을 것이다.

'이건.'

머리가 빠른 속도로 돌아갔다.

'가능성은 두 가지.'

사탄이 아직 완전히 힘을 되찾지 못했거나, 아니라면 지금 눈앞의 사탄이 본체가 아닌 경우.

'어쨌든.'

어느 쪽이든 결론은 하나였다.

지금 사탄은, 약하다.

강우는 눈을 빛냈다. 주먹을 움켜쥐며, 입술을 핥았다.

'할 수 있어.'

아니, 해야만 했다. 하지 않으면 안 됐다.

'제기랄, 어쩌다가 이렇게…….'

당황스러운 것은 그만이 아니다. 고개를 슬쩍 돌려보니 루시퍼와 진짜 사탄도 당황한 기색이 역력했다.

"대체 뭐……."

-네, 네놈이 사탄이라고? 어디서 그런 정신 나간 소릴…….

루시퍼의 입장에서야 자신의 부하를 죽이고, 아들을 납치하고, 그를 이용해 온갖 도발을 한 존재가 갑자기 둘이 되어버리니 무슨 상황인지 이해할 수 없었다.

사탄이야 말할 것도 없다. 루시퍼와의 오해를 풀기 위해 오자마자 사칭범에게 너는 가짜라는 소리를 들었으니 미치고 환장할 노릇. 아니, 모든 것이 저 사칭범 때문에 생긴 일이라는 것을 알게 되자 이제는 억울함까지 느껴질 정도였다.

당황에 빠진 세 악마. 그중에서 가장 먼저 행동에 나선 것은 역시 강우였다.

-하! 기가 차지도 않는군! 내가 오랜 세월을 살아왔지만, 감히 나를 사칭하는 존재를 이렇게 맞닥뜨리게 될 줄이야!

-아니, 그게 무슨 개소…….

-어디서 어설픈 변명을 내뱉는가!

강우가 일갈했다.

사칭범이 자신을 가짜로 몰아가는 환장할 만한 상황에 사탄은 아연해졌다.

그는 거칠게 표정을 일그러뜨렸다.

'제기랄.'

곤란했다.

자신이 사탄이라는 것을 확실히 보여주기 위해서는 그의 지옥 무구, '분노'를 꺼내 드는 것이 가장 확실한 방법.

하지만 지금 그는 본체가 아니었다. '마의 근원'을 일부분 포기하고, 루시퍼와 대화를 나누기 위해서 만들어진 일종의 파편. 지옥 무구를 사용할 수가 없었다.

그때였다.

-자! 보아라! 이것이 '분노'다! 이것이 내가 사탄이라는 증거다!

-뭐, 라고……?

사탄은 두 눈을 부릅떴다. 자신을 사칭하고 있는 정체 모를 악마, 그의 손에는 분명 칠흑의 검신을 가진 어둠의 검이 쥐어져 있었다.

-네가 어떻게, 아, 아니! 저건 가짜다!!

다급히 외쳤다.

순간적으로 당황했지만, 저것이 가짜라는 것만큼은 확실했다. 진짜 '분노'는 자신의 본체 안에 있으니까.

하지만.

"……재미없는 쇼를 하는군."

루시퍼는 가늘게 눈을 떴다.

강우가 헛웃음을 흘리며 말을 이었다.

-나도 당황스러울 정도군. 대체 어디서 저런 잡놈이 끼어든 거지?

어이없다는 듯 고개를 저었다.

루시퍼의 시선에서, 그의 목소리에서 누구의 말을 더 신뢰하는지는 명확했다.

'당연히 내 쪽이지.'

생각할 것도 없다.

대공만큼의 마기도 뿜어내지 않는 사탄과 '분노'를 든 채 숨막히는 마기를 피어 올리는 사탄.

싸우지 말고 대화로 풀어가자는 사탄과 악마답게 서로 죽여보자고 말하는 사탄.

둘 중 그가 믿을 수 있는 존재는 애초에 정해져 있었다.

"방해꾼은 꺼져라. 네놈이 왜 사탄 행세를 하는지는 몰라도,

지금은 그것만으로도 네놈을 죽여 버리고 싶을 정도니까."

-아니, 그게 아니라 내가 진짜 사탄…….

"방해꾼은 꺼지라고 했다."

루시퍼가 진득한 살기를 뿜어냈다.

사탄은 두 손으로 머리를 쥐어뜯었다.

-내가… 내가 사탄이라고……. 대체 왜 안 믿는 거냐.

억울했다. 구천지옥의 어둠 속에서 눈을 뜬 이후, 이 정도로 억울하면서 비참한 기분은 느낀 것은 처음. 하다못해 마왕에게 패배했을 때조차 이런 처참함을 느끼지는 않았다.

차라리 힘이 달려 패배했다면. 차라리 장렬한 전투 속에서 무릎 꿇었다면. 이런 기분을 느끼지 않았을 것이다.

사탄은 이글거리는 눈빛을 사칭범에게 향했다.

'대체 누구냐.'

의문이 꼬리를 물고 이어졌다. 저 정도로 강대한 마기를 뿜어내면서 자신의 이름을 사칭할 만한 존재.

'……'

있긴 했다. 분명, 머릿속에 바로 떠오르는 존재가 있었다.

'아니야.'

몸을 떨었다.

입이, 거대한 입이 떠올랐다. 날카로운 이빨이 돋친 무수한 입. 악마를 씹어 삼키고, 대공을 뜯어 먹었던 끔찍한 포식자의 얼굴. 인간도, 악마도, 신도 아닌. 그저 괴물. 비틀리고 뒤틀린 악의로 가득 찬, 이해와 해석의 범주를 넘어선 무언가.

'마왕은 죽었다.'

차원의 벽에 갈려 나갔다. 지구와 에르노어, 환(曉) 대륙. 구천지옥과 가장 '밀접한' 차원들. 그 틈에, 시간과 공간의 뒤틀림에 정면으로 부딪혔다.

'내가, 그렇게 만들었다.'

최악, 최후의 상황을 고려했다.

그래서 아몬에게, 마왕 측에 심어둔 자신의 심복에게 일러두었다. 만약 자기가 마왕에게 패배한다면, 마왕의 그가 습관처럼 말하던 지구로 돌아가려고 한다면, 차원의 벽에 갈가리 찢어지도록 만들라고.

'놈이… 배신한 건가?'

아몬. 그 악마를 떠올렸다.

곱추에 주름이 가득한 악마. 하지만 그 악마는 적어도 흑마법에 대해서는 그 누구도 도달할 수 없는, 신조차 우롱하는 경지에 올라서 있었다.

단적인 예로 그의 흑마법은 '시스템'이라 불리는 우주의 섭리까지 영향을 줄 수 있었다.

'아니야.'

아몬이 믿을 만한 부하가 아니었다는 것은 부정할 수 없다.

하지만 그것과는 별개로 사탄은 느꼈다. 시스템에, 우주의 섭리에 갈리고 찢겨져 나가는 마왕의 기운을.

'그런데……'

덜덜 떨리는 눈으로 고개를 들었다.

자신과 같은 붉은 악마 가면. 광기와 악의로 가득한 눈빛.

'살아, 있었다고?'

탁.

-더 이상 대화를 나눌 필요는 없을 것 같군.

강우는 낮은 목소리로 말을 이었다. 그러고는 고개를 돌려, 루시퍼에게 제안했다.

-신성한 싸움에 방해꾼이 끼어들게 둘 수는 없지 않나?

"……개소리."

애초에 신성한 싸움이 아니었다.

루시퍼는 가늘게 눈을 떴다.

"하지만, 방해꾼이 끼어드는 건 나도 마음에 들지 않는군."

-아니, 그러니까 난…….

-그렇다면 우선 방해꾼부터 치우기로 하지.

강우와 루시퍼가 동시에 몸을 돌렸다.

발을 박차고, 사탄을 향해 달려들었다. 강우가 휘두르는 '분노'가, 루시퍼가 내지른 '오만'이 동시에 사탄을 가격했다.

퍼억!!

-커헉!!

본체가 아닌 파편. 마몬급조차 되지 않는 힘을 지닌 지금의 사탄. 지옥 무구도 사용하지 못하는 지금 두 대공급 존재의 합공을 받아낼 수 있을 리가 없었다.

-으아아아아아!!!

교전이 이어지고 사탄의 몸에 상처가 늘어갔다.

-제길! 내 말을 들어라, 루시퍼!!!

촤악! 쿠웅!

-크아아아아!!

강우와 루시퍼의 합공에 천천히 무너지는 사탄의 파편. 사탄의 기세가 눈에 띄게 약해졌다.

-내가!! 사탄이다!!!

처절한 외침. 사탄은 지금 이 말도 되지 않는 상황에 미쳐 버릴 것만 같았다.

루시퍼가 차가운 조소를 머금었다.

"어디서 굴러온 놈인지는 몰라도, 고맙군."

그의 눈이 날카롭게 빛났다.

루시퍼는 고개를 돌려 루시스를 힐끔 바라보았다.

"덕분에 이성을 좀 되찾을 수 있었어."

너무도 황당한 방해꾼의 등장에 분노로 미쳐 있던 머릿속이 한결 진정된 감각.

자신이 무엇을 해야 될지 명확해졌다.

-으아아아아!!

사탄은 절규했다.

푸욱! 콰직!

두 지옥 무구가 그를 압박했다. 특히 그와 평생을 함께한 무구, '분노'의 형상을 한 가짜가 그를 압박하자 미쳐 버릴 것만 같았다. 분노와 억울함이 폭발했다.

-내가 사탄이다!! 내가 진짜 사탄이란 말이다아아아아!!!

콰득.

절규하는 그의 몸에 칠흑의 검이 틀어박혔다.

◆ 2장 ◆

마령(魔靈)

'됐다.'

손에 감각이 느껴졌다.

사탄, 정확히는 그의 파편 내지 분신으로 추정되는 존재를
완전히 꿰뚫었다.

입가에 절로 미소가 지어지는 것은 당연.

'위험했어.'

솔직히, 너무 당황해서 허둥거릴 뻔했다.

정신이 날아갔다. 발록이 나타나서 마왕님이라며 울부짖었
을 때만큼 당황했다. 하지만.

타르처럼 끈적한 점액질이 되어 바닥에 퍼지는 사탄의 육체
를 내려다보았다.

아무래도 파편이라는 추측이 들어맞은 모양. 만약 실제 사탄의 본인이 죽은 거라면 시체가 흐물흐물 녹아 액체화될 리는 없었다.

'일단 급한 불은 껐어.'

아마 진짜 사탄을 죽이지 않는 이상 근본적인 해결은 아닐 것이다. 사탄은 계속해서 자신이 사탄이라는 것을 주장할 것이고, 그로 인해 머리 아픈 것은 자신이 될 것이다.

'하지만.'

강우는 웃었다. 눈이 반짝였다.

실제 사탄이 존재한다는 것. 거기에 더해 우연인지 필연인지 그가 악마교를 이끌고 있다는 것.

'잘만 하면.'

이용할 수 있다, 는 생각이 들었다.

상처의 고름이 쌓이듯이, 그가 저지를 업보가 쌓일 대로 쌓였을 때. 사탄이 실제로 '죽지 않으면' 해결되지 않는 상황에서 그를 사용할 수 있었다.

'이럴 때가 아니지.'

흐물흐물 녹아내린 사탄의 파편을 내려다보던 강우는 고개를 돌렸다.

사탄의 파편을 처리했다고 해서 상황이 끝난 것이 아니다. 진짜 중요한 메인 이벤트는 따로 있었다.

'그보다 루시퍼 이놈은 갑자기 왜 이렇게 조용⋯⋯.'

한창 합공을 하는 도중 갑자기 사라진 루시퍼를 찾았다.

"어?"

자연스럽게, 당황한 목소리가 흘러나왔다.

루시퍼의 모습이 보이지 않았다.

-루시퍼⋯⋯!

다급히 몸을 돌리자 루시스의 몸을 끌어안은 채 차갑게 가라앉은 눈으로 이쪽을 노려보는 루시퍼의 모습이 보였다.

"놔! 나는! 리리스 님에게 영혼을⋯⋯!"

"얌전히 있어라."

발작하듯 몸을 뒤트는 루시스를 가볍게 기절시켰다.

루시퍼는 깊은 한숨을 내쉬며 손을 허공에 저었다. 푸른색 게이트가 만들어졌다.

-제길!!

강우는 다급히 발을 박찼다. 음속을 가볍게 돌파한 몸이 루시퍼를 향해 쏘아졌다. 강렬한 소닉 붐이 일어나며 돌풍이 몰아쳤다.

'제기랄!'

초조하게 입술을 깨물었다. 루시퍼가 도주한다는 것은 그의 예상에는 없던 일이다.

루시퍼와 루시스가 게이트 속으로 들어가기 시작했다.

강우는 손을 뻗어, 루시퍼의 팔을 붙잡았다.

-도망칠 생각이냐.

"······정신이 좀 들었거든."

루시퍼는 차가운 목소리로 답했다. 분노에 미쳐 있던 방금 전과는 확연히 다른 모습.

-도망치게 놔둘 것 같은가.

붙잡은 손을 거칠게 당겼다.

루시퍼의 몸이 푸른색 게이트에서 조금 빠져나왔다.

"사탄."

루시퍼는 이글거리는 눈으로 그를 노려보았다. 짙은 살기에 찬 목소리가 귓가에 들렸다.

"돌아오겠다."

-······.

"돌아와서, 반드시 네놈의 모든 것을 망가뜨려 주마. 오늘 네가 한 짓을, 평생토록 후회하도록 만들어주겠다."

저주에 가까운 목소리.

강우는 천력의 권능을 사용해 붙잡은 팔을 당겼다. 루시퍼가 몸을 뒤로 빼내며 팔을 늘어뜨렸다.

뜨드득!!

-루시퍼······.

도마뱀이 꼬리를 자르듯, 팔이 뜯겨져 나갔다. 그리고 검은 피가 쏟아졌다.

"기억해라, 사탄."

푸른 게이트 속으로 사라지며 루시퍼가 낮게 읊조렸다.

"나는 돌아올 것이다."

그 말과 함께, 루시퍼의 몸이 완전히 푸른색 게이트 안으로 사라졌다.

"……."

격렬한 전투가 이어졌던 전장에 침묵이 내려앉았다.

-이, 이익!!

루시퍼가 버려두고 간 악마 중 하나가 강우에게 달려들었다.

강우는 천천히 손을 들어 악마의 뿔을 잡고, 내려찍었다.

콰직!

손에 잡힌 뿔이 박살 나고 악마가 비명을 지르며 바닥에 쓰러졌다.

발을 들었다.

콰드득.

터져 나간 희멀건 뇌수가 바닥에 흩어졌다.

"제길, 제길. 이런 ×발!!"

욕설이 흘러나왔다. 두 손으로 머리를 쥐어뜯었다.

'놓치면 안 됐는데.'

당황했다. 허둥거렸다. 중요한 목적을 잊어버렸다.

'실수했어.'

놓치지 않을 수 있었다. 조금 더 정신을 차렸더라면, 조금 더 빠르게 대처했다면. 루시퍼를 지금 이 자리에서 죽일 수 있었다. 사탄의 등장에 당황했다는 것은 변명. 충분히 변수에 대처하면서, 루시퍼를 죽이는 게 가능했다.

"제기랄."

하지만 그러지 못했다. 당황해서, 혼란에 빠져서 실수를 저질렀다.

강우는 거칠게 표정을 일그러뜨렸다.

'아직 완전히 실패한 건 아니야.'

시간은 더욱 걸릴 것이다. 루시퍼도 머저리가 아닌 이상 철저하게 대비할 것이다.

하지만 실패했다고는 생각할 수 없다. 루시퍼는 가장 중요한 사실을 모르고 있으니까.

'결국 놈의 분노가 향하는 건 사탄이다.'

근본적인 오해를 풀지 못했다. 아니, 오히려 확신이 더 깊어졌다.

강우는 가늘게 눈을 떴다.

지구에 존재하는 사탄과, 에르노어로 도망친 루시퍼.

'이놈들을 어떻게 구워삶아야 할까.'

이용할 수 있다는 것은 확실했다. 다만, 아직 그 방법이 구체적으로 머릿속에 떠오르지는 않았다. 일단 루시퍼가 어떤 행동을 취하지 않으면 계획을 짜는 게 불가능했다.

'돌아올 거야.'

틀림없었다.

여기서 루시퍼가 숙일 리가 없다. 굽힐 리가 없다. 그는 다시 돌아올 것이다. 만만의 대비를 갖춘 채로.

"그리고……."

사탄에게 그 분노를 향할 것이다.

"……생각보다 나쁘지 않은데?"

시간과 노력, 수고가 더 들기는 하겠지만. 실패에 대한 대가치고는 쌌다.

"리리스."

"예, 강우님."

낮게 이름을 부르자 그녀가 나타났다.

천천히 고개를 돌렸다.

"다 봤지?"

"예."

리리스는 작게 고개를 끄덕였다.

그녀의 말이 이어졌다.

"악마교도들을 모조리 고문해서 사탄의 위치를 찾아내겠습니다."

"아니. 못 찾을 거야."

악의 위상이 사탄인지조차 몰랐던 놈들이다. 그 위치를 알리가 없다.

"그렇다면……."

"지금 죽인 건 사탄의 분신이야. 아직 그 본체는 살아 있을 거야."

리리스의 눈이 빛났다.

그녀는 요사스러운 미소를 지으며 웃음을 흘렸다.

"사탄이 먼저 움직이겠군요."

"자신을 사칭하고 있는 놈이 멀쩡히 돌아다니고 있는데 가만히 있을 리가 없지."

이 정도로 철저한 굴욕을 당했다. 그가 본체를 움직이지 못하는 이유가 뭔지는 모르나 무언가 액션을 취할 것이 분명했다.

"만약 움직이지 않으면요?"

간단했다.

"움직이게 만들어야지."

무슨 수를 써서라도.

강우는 천천히 손을 뻗었다. 얼굴을 덮고 있는 붉은 악마 가면을 잡고, 벗었다. 서늘한 바람이 피부를 간질였다.

"이번 전쟁에서 살아남은 놈들 몇 명 정도야?"

"악마교 쪽은 739명입니다. 다들 도주 중이에요."

"놈들 중 추기경급 이상만 붙잡아서 세뇌시켜. 흑마법이든 미인계든 고문이든 뭐든 상관없어. 철저하게 굴복시켜서 악마교 쪽에 뿌려."

사탄의 동세를 확실히 파악하기 위해서라도 정보원이 필요했다.

"모든 것은 마왕님의 뜻대로."

리리스의 입가에 섬뜩한 미소가 지어졌다.

강우는 천천히 발걸음을 옮겼다.

쿵.

그의 앞에 발록이 나타나 한쪽 무릎을 꿇었다.

-루시퍼의 권속들을 모두 제압했습니다.

발록의 뒤쪽에 악마들이 보였다.

바닥에 쓰러진 채 발자하크의 언데드 군단에 제압당한 악마들은 공포에 질린 표정으로 강우를 올려다보았다.

-하, 항복하겠습니다!

-사탄 님에게 추, 충성을 맹세하겠습니다!

머리를 조아리며 애원했다.

강우는 고개를 돌려 그들을 내려다보다, 이내 고개를 돌렸다.

발록이 입을 열었다.

-숫자는…….

"말할 필요 없어."

강우는 관심 없다는 듯 발록을 지나쳤다. 악마교라면 몰라도 루시퍼의 권속들이 얼마나 살았는지는 알 필요 없다.

손에 쥔 붉은 가면을 품속에 넣었다.

"죽여."

-예.

발록이 고개를 끄덕였다.

만약 이쪽에서 에르노어 대륙으로 갈 방법이 있었다면 지금 루시퍼의 권속들을 이용할 방법이 있을 것이다.

하지만 에르노어 대륙으로 갈 수 없는 지금 그들은 이용 가치가 없다. 전력으로 이용할 거라면 죽인 후에 언데드로 사용하는 편이 낫다.

'한 번 배신한 놈들은.'

반드시 두 번 배신하게 되어 있으니까.

콰직!!

-아아악!!

-사, 살려……!

루시퍼의 권속들이 내지르는 비명이 들렸다. 무시했다.

강우는 루시퍼의 뜯겨 나간 팔을 든 채 사탄이 죽은 장소로 향했다. 흐물거리는 검은 액체가 바닥에 퍼져 있었다.

절로 한숨이 흘러나왔다.

'이걸로는 턱도 없겠지.'

마령의 각성 조건을 떠올렸다.

대공의 육체를 포식의 권능으로 흡수해야 달성 가능한 조건. 루시퍼 하나를 먹으면 그래도 어렵지 않게 달성할 수 있다고 생각한 조건이었다.

'솔직히 이게 제일 아쉽네.'

다시 한번 뼈아픈 실수에 후회가 밀려왔다.

계획이야 루시퍼가 자신을 아직 사탄으로 착각하고 있는 이상 언제든 다시 세우는 것이 가능했다.

하지만 이건 다른 문제. 마령의 조건을 이번에 달성하지 못한 것이 가장 아쉬웠다.

"그래도 실수의 대가치고는 싼가."

자칫 잘못했으면 돌이키기 힘들 정도의 실수였다. 마령을 달성하지 못한 건 대가 축에 끼지도 못한다. 악마의 싸움에서 실수란 죽음을 의미했으니까.

"쯧."

가볍게 혀를 찼다. 이미 엎질러진 물을 아쉬워해 봤자 바뀌는 건 없다.

'일단 이거라도 먹어야지.'

한숨을 내쉬며 포식의 권능을 사용했다. 루시퍼의 팔과 사탄의 파편을 포식의 권능이 덮었다.

'쓰바, 이걸로는 뭐 스탯 하나라도 오르려나.'

잊으려고 아무리 생각해도 아쉬움이 남았다.

우드드득.

포식의 권능이 사탄의 파편과 루시퍼의 뜯겨 나간 팔을 뜯어 먹었다.

['대공 학살자' 특성이 발동됩니다.]

[사탄의 신체 일부와 루시퍼의 신체 일부에 담긴 영혼을 흡수합니다.]

[두 영혼에 미약한 '신성'을 감지했습니다.]

[기존 대공의 영혼에 비해 그 '격'이 한 단계 상승합니다.]

[추정 등급 SSS급의 영혼을 대상으로 포식을 시도합니다.]

[성공했습니다.]

'응?'

[만마전의 '깊은' 곳과 연결된 통로가 100% 완성되었습니다.]

[마령(魔靈)의 모든 조건이 충족되었습니다!]

'어라?'

우우우우웅!!!

짙은 마기가 폭발하며 심장에서 뿜어져 나온 마기가 전신을 뒤덮었다.

[마령(魔靈)으로의 각성이 시작됩니다.]

"⋯⋯."

강우의 입이 벌어졌다.

'이게 되네?'

어둠이 내려앉았다. 피부에서 뿜어져 나온 짙은 마기가 주변을 덮었다.

왼쪽 심장. 만마전이 위치한 곳에서 두려울 정도로 짙은 마기가 꿈틀거리는 것이 본능적으로 느껴졌다.

'깊은 쪽의 마기.'

만마전을 층으로 나눌 수 있다면 중간. 그 안에 담긴 마기가 전신에 퍼졌다.

하지만 손가락을 움직여도 아무런 반응이 없었다.

'마령이 뭐지.'

극마지체보다 모호하다.

생각이 이어가던 강우는 몸 안의 변화를 관조했다.

직접 느끼는 것이 상상하는 것보다 몇 배는 효과적. 제멋대로 움직이는 마기가 전신에 퍼졌다.

변화가 시작됐다.

'아.'

뭐라 말하기 힘든 감각.

등골이 오싹거리며, 솜털이 곤두섰다. 확장되는, 올라가는 듯한 감각. 마치 끝이 보이지 않는 거악(巨嶽)의 정상에 올라가 풍경을 내려 보는 기분. 이제까지 당연하게 봐왔던 것이, 당연 하다 생각해 온 것들이 '그렇지 않게' 느껴졌다.

'뭐지.'

극마지체를 이뤘을 때와는 명확히 다르다. 그때처럼 폭발적 인 힘의 상승도, 육체의 변화도 느껴지지 않았다.

'강해지는 게 아닌 건가.'

단순히 전투의 전력으로서 가치를 가지는 것과 다르다. 상 대방을 제압하고, 짓밟는 실질적인 무력을 얻는 것이 아니다.

'이건……'

적합한 단어를 찾았다.

오랜 시간이 걸리지 않았다. 어둠이 내려앉은 곳. 짙은 마기 속에 몸을 웅크리고 있던 강우의 머릿속에 한 단어가 스쳐 지 나갔다.

'그릇.'

그릇. 무언가를 담기 위한 물건. 마령은, 이 정체 모를 힘은 자신을 그러한 '그릇'으로 만들었다.

[띠링.]

귓가에 익숙한 방울 소리가 들렸다.

고개를 들자 어둠이 가득한 시야 속에서 푸른 창이 떠올랐다.

[마령(魔靈)으로의 각성이 성공적으로 이루어졌습니다.]

[신성(神聖)을 담을 수 있는 그릇이 완성되었습니다.]

[마기 스탯이 2 상승합니다.]

[마기 스탯 140에 도달하였습니다.]

'신성을 담을 수 있는 그릇.'

마령의 역할이 무엇인지, 효과가 무엇인지 알 수 있을 것 같았다.

'이래서 마신이 되는 길, 인가.'

처음엔 육체가 변했다. 그 뒤에 영혼이 변했다.

두 변화에는 하나의 목표가 있었다.

신성. 신이 지닌, 신을 신으로서 존재하게 만드는 힘. 물리법칙을 초월하며, '기적'을 구체화시키는 힘.

'그리고.'

시스템에 개입할 수 있는 힘.

"……."

천천히 눈을 떴다.

세상이 보였다.

같지만, 달랐다. 참으로 빈곤한 표현력이지만 그 이상 적합한 말을 찾기 힘들다.

손을 움직였다. 마기를 일으켜 권능을 발현시켰다. 만마전의 '깊은' 곳과 완벽하게 연결된 통로. 끝이 보이지 않는 드넓은 대해(大海)에 거대한 수도관을 연결한 감각. 구천지옥에 있었을 때처럼, 자연스럽게 마기가 움직였다.

촤악!!

검은색 칼날이 손가락마다 솟구쳤다.

손을 뒤집었다. 피가 맺히듯, 검은 어둠이 방울져 맺혔다.

또륵.

손끝을 타고 검은 어둠이 한 방울 땅에 떨어졌다.

쿠드드드드드득!!!

섬뜩한 소리. 바닥에 떨어진 한 방울의 어둠을 기점으로 주변 20여 미터가 검은 칼날로 완전히 뒤덮었다.

칼날의 대지. 이미 익히고 있던 스킬이었지만 역시 만마전의 깊은 쪽 마기만을 사용해서 펼치니 그 느낌이 완전히 달랐다.

"오랜만이네."

입가가 올라갔다.

이 감각, 이 느낌. 만마(萬魔)의 위에 군림하고 있던 시절이 떠올랐다.

-아, 아아.

발록이 전율했다.

마왕의 권속인 그는 마왕과 영혼이 이어져 있다. 때문에 그가 지닌 힘을 느낄 수 있다.

그는 깨달았다. 자신의 주인이, 구천지옥을 군림하던 그때의 모습으로 완전히 돌아왔다는 것을.

거칠게 무릎을 꿇으며 고개를 바닥에 찧었다.

-돌아오셨군요, 마왕님.

"뭔 헛소리야."

강우는 피식 웃었다.

우스운 소리다.

"난 계속 여기 있었다."

-…….

발록은 굳게 입을 다물었다.

그에게 '돌아왔다'라는 표현을 사용한 그의 얼굴이 수치심에 물들었다. 멍청한 소리였다. 발록은 그가 누구인지 안다. 무엇을 할 수 있는 존재인지 안다.

그가 구천의 지옥을, 만마의 정점에 도달한 것은 강했기 때문이 아니었다. 강한 것으로 치면 바알이 더 강했다. '최후의 전쟁' 당시에도 바알은 마왕보다 강했다.

그럼에도. 결국, 이긴 것은 마왕이다. 그의 주인이다.

천 년의 걸친 전쟁 속에서 정말로 많은 패배를 겪었다. 많은 부하가 죽고, 동료가 죽었다.

'하지만.'

마왕은 이겼다. 굽히지 않았다. 굴복하지 않았다. 타협하지 않았다. 양보하지 않았다. 당시 그에게는 절대로 이길 수 없었던 승부를 기꺼이 받아들였다.

-아, 아아아.

발록은 몸을 떨었다.

눈에서 눈물이 흘러내렸다. 무한한 신뢰. 신앙, 광신과 같은 믿음이 그를 전율시켰다.

왕의 말이 맞다. 그는 돌아오지 않았다. 계속 이곳에 존재했다.

-마왕니이이이이이임!!!

발록은 강우에게 달려들었다. 두 팔을 벌려 그를 끌어안았다.

-크흡!! 이 발록, 마왕님을 섬기게 된 것이 너무도 영광스럽습니다!!

압도적인 덩치 차이 때문에 그의 겨드랑이에 강우의 머리가 꼈다.

"이런 시바! 꺼져, 이 자식아!!"

끔찍한 냄새에 강우가 발작하듯 몸을 비틀었다.

강우는 질린다는 표정으로 발록을 흘겨보았다. 5미터에 달하는 덩치에는 전혀 어울리지 않는 초롱초롱한 눈.

'미련한 근육 돼지 새끼.'

딱 그 표현이 어울린다.

하지만 묘하게 밉상으로 보이지는 않는다. 그렇게 보이기엔 너무도 오랜 시간을 함께 지냈다.

-이것으로 사탄과 루시퍼를 상대하는 것은 손쉽겠군요.

"아니, 그건 아닐 거야."

단호히 고개를 저었다.

강우는 가늘게 눈을 떴다.

"놈들은 신성을 가지고 있었어."

[……신성을 말씀입니까?]

"그래."

신성을 지니고 있다고 해서 무조건적으로 '무력'이 강한 것은 아니다. 지난바 신성이 클수록 무력이 강력할 가능성은 높지만 스탯처럼 숫자에 따라 정확한 무력의 상승으로 이어지는 것은 아니다. 단적인 예로, 신성을 가지고 있던 영웅신 티리온과 지금 맞붙으라고 해도 압도적으로 이길 자신이 있었다.

'하지만.'

그렇다고 해서 사탄과 루시퍼가 신성을 지니고 있다는 사실을 가볍게 넘길 수는 없다.

그들은 구천지옥에 있던 시절 신성이라는 힘을 지니지 않고 있었다. 조금이라도 지니고 있었다면 그들의 육체를 '포식'했을 때 몰랐을 리가 없다.

'여기서 얻은 거야.'

정황상으로 봤을 때 두 악마는 자신보다 훨씬 더 과거로 도착했다. 최소 천 년 이상. 그 시간 동안 그들은 단순히 육체를 수복해 부활하는 것을 넘어 지옥에서보다 더욱 높은 경지에 올라서 있었다.

'무슨 일이지.'

쉽게 이해되지 않았다.

천 년의 시간은 그들에게 짧다. 대공은 수만 년 동안 '대공'이라는 그 존재의 한계를 넘어서지 못했다. 한계를 넘어선 것은 바알이 유일했다.

그런데 지금은 달랐다. 사탄과 루시퍼는 둘 다 신성을 획득했다. 과거 수만 년 동안 정체되어 있던 벽을 허물고 성장했다.

'어떻게.'

그들이 어떻게 그럴 수 있었는지 상상하기 힘들다.

머릿속이 복잡해진 강우는 혀를 차며, 고개를 저었다.

'중요한 건 쉽게 생각할 수 없다는 거야.'

손을 들었다.

화르르륵!!!

샛노란 불꽃이 타올랐다. 마몬의 권능은 여전히 어색했고, 조잡했다.

마령은 그릇이다.

'아직 채워지지 않은 빈 그릇.'

기대했던 것과 달리 무력에 직접적인 상승은 없었다.

'더욱.'

강해져야 한다는 갈망으로 목이 말라왔다.

[띠링.]

['마신이 되는 마지막 단계' 퀘스트가 활성화되었습니다.]

[정보]

'마신(魔神)'이 되기 위한 마지막 단계.

*조건 1: 마기 스탯 150 달성.

*조건 2: ???

*조건 3: ???

"많기도 하네, 시바."

전에는 두 개였는데 이번에는 세 개다. 그나마 조건 하나는 이미 밝혀져 있고 마신이 되기 위한 '마지막' 단계라는 것이 위안거리.

"마지막이라."

딱히 이번이 마지막이라는 기분이 들지 않는다.

강우는 이전, '인페르노'를 만들었을 때를 떠올렸다. 상태창에는 여전히 '???'라 표시되어 있는 마신의 상위 퀘스트가 있었다.

"……뭐, 없는 것보단 나으려나."

묘한 기대감이 끓어오르는 것도 사실.

강해진다는 것은, 할 수 없던 것을 할 수 있게 된다는 것은 경이로운 쾌감이다. 악마라는 종족이 영생을 버려가면서까지 갈망할 정도로.

"아 참."

오른손 중지로 시선을 돌렸다. 검은 반지가 살아 있는 생명체처럼 꿈틀거리고 있었다.

'마령을 달성한 이후에 소화를 시작한다고 했지.'

마해의 열쇠에 대해서는 아직 의문이 많았다.

'지옥 무구를 먹었으니까.'

포식의 권능으로도 먹지 못한 것을, 이것은 먹었다. 궁금하지 않은 것이 이상했다.

마해의 열쇠의 정보창을 열었다.

[장비 상태]

*소화 중: 현재 '탐욕'을 소화 중입니다. 기본 지속 효과 이외의 기능이 정지합니다.

'음?'

강우는 눈살을 찌푸렸다.

마해의 열쇠에 마기를 흘려 넣었다.

'변하지 않아.'

눈살이 찌푸려졌다.

마해의 열쇠의 도움 없이는 현재 그의 히든카드라고 할 수 있는 '인페르노'를 사용할 수 없었다.

"끄응."

인페르노를 사용할 수 없다고 해서 대공과 싸울 수 없는 건 아니었다. 하지만 기껏 몇 개월간 수련해서 만든 히든카드를 봉쇄됐다는 것은 상당히 불쾌한 것이 사실.

'당분간은 좀 숨죽이고 있어야 하나.'

강우는 해야 할 일을 체크했다.

'마기 스탯 150 달성.'

이미 높아질 대로 높아진 마기 스탯을 올리기 위해서는 대공과 싸워, 그 육체를 먹어야 할 필요가 있다.

'아니면 어마어마하게 많은 양의 악마를 먹거나.'

어쨌든 당장 올릴 방법이 없다는 의미.

"쯧."

혀를 찼다.

루시퍼를 놓친 것 치고는 얻은 것이 정말 많았지만, 앞으로의 일을 생각하면 머리가 뻐근해졌다.

"돌아가자."

천천히 발걸음을 옮겼다.

고개를 들었다. 푸른 하늘과 태양이 보였다.

지구로 귀환한 지 어언 2년.

'격변의 날' 이후 7년이 지난 지금.

그는 지옥에서 보냈던 만 년의 시간을 되찾았다.

◆ 3장 ◆
오강우 사용설명서

달칵.

방문이 열렸다.

가이아에게 전해 받은 가디언즈의 업무 보고서를 읽고 있던 강우는 고개를 돌렸다.

청초한 인상의 여인이 그를 보며 방긋 미소를 지었다. 가벼운 미소를 지은 것만으로, 청초했던 그녀의 인상이 순식간에 색기 가득한 요녀의 얼굴로 변했다.

"무슨 일이야?"

"보고드리려고 왔어요."

의자를 돌려 리리스와 눈을 마주쳤다.

"추기경 세 명의 세뇌가 끝나서 1차적으로 돌려보냈어요."

"벌써?"

강우는 놀랍다는 듯 눈을 빛냈다.

루시퍼와 사탄, 개판 5분 전의 교전이 끝난 지 고작 일주일
이 흘렀다. 그래도 악마교 내부에서는 간부급인 추기경들인데
이토록 쉽게 굴복당하다니.

리리스는 짙은 미소를 지었다.

"후훗. 제 미인계가 얼마나 뛰어난지는 강우 님도 잘 아시잖
아요?"

"……심지어 미인계를 썼다고?"

이해할 수 없는 말.

루시스의 경우 악마의 미적 감각을 가지고 있다고 해도 추
기경들은 다르다. 그들은 마기를 몸 안에 받아들이기 전까지
만 하더라도 평범한 인간이었다. 아니, 설사 마기를 몸 안에 받
아들여서 악마에 가까운 신체를 가지게 되었다고 하더라도 가
치관 자체는 인간과 다를 바가 없다.

'일단 내가 그랬으니까.'

강우는 눈살을 찌푸렸다.

"예. 후훗. 역시 인간들에게도 제 외모는 아주 잘 먹히는 모
양이더군요."

"……?"

그게 무슨 개소리란 말인가.

"제 모습을 본뜬 분신을 만들어서 삼 일 밤낮을 촉수에 갇혀 있게 만들었어요."

"……."

"아아, 겉모습만 같게 만든 분신만으로 이렇게 쉽게 넘어오다니……. 인간이란 참."

리리스는 뱀처럼 기다랗게 혀를 빼내 강우의 뺨을 핥았다.

"그래도 저의 진짜 몸과 마음은 강우 님만을 향한답니다."

"……읍."

강우는 다급히 입을 막았다.

추기경의 대부분은 주름 가득한 노인들. 그들이 어떤 일을 당했을까를 상상하니 절로 속이 뒤집혔다.

'리리스에게 전적으로 맡기길 잘했네.'

괜히 진척 상황을 체크해 본다고 기웃거렸으면 차마 눈 뜨고 못 볼 광경을 보고 말았으리라.

"그래서, 뭐 얻은 정보는 있어?"

"아직 사탄의 정확한 동향에 대해서는 아무 정보도 못 얻었어요. 하지만……."

리리스는 손끝으로 턱을 더듬었다.

"이번에 복귀한 추기경급 세 명을 모두 같은 지부로 보내더라고요."

"어디 지부?"

"러시아에 있는 지부였어요. 규모가 이제까지 악마교의 지부 중 가장 커요. 적어도 1만 명이 넘는 악마교도들이 모인 초거대 지부입니다."

"1만 명이라."

확실히 지금까지 발견된 악마교의 지부 중 가장 규모가 컸다.

"그 정도면 지부가 아니라 본 단 아니야?"

"아뇨. 추기경들을 통해 얻은 정보를 종합해 보니 이곳도 본 단은 아닌 것 같아요."

"그렇단 말이지."

작게 고개를 끄덕였다.

'그러면 본 단에 사탄이 있는 건가.'

아직 알 수 없는 일이다.

"일단 그 지부를 중심으로 계속 사탄의 움직임을 조사해 봐."

가만히 있을 리가 없었다. 분명 그는 움직일 것이다.

'기다려야 해.'

어설프게 잡으면 루시퍼처럼 꼬리를 자르고 도망칠 수 있다.

그렇게 돼서는 안 된다. 완전히 모습을 보였을 때, 철저하게 그를 잡아야 한다.

"보고는 끝이야?"

"예. 앞으로 정보를 더 얻게 되면 바로 말씀드릴게요."

"수고 많았어."

"후훗. 왕을 위한 일인 걸요."

리리스가 웃음을 터뜨렸다.

강우는 침음을 흘렸다. 그녀에게 수시로 당하면서도 미워할 수 없는 이유가 바로 이것.

'유능한데 충성스럽기까지 하니.'

미워하는 것이 오히려 이상하지 않은가.

강우는 쓴웃음을 흘리며 몸을 돌렸다.

"아, 내일 약속 잊지 않았지?"

"물론이죠. 발록에게도 아까 연락해 뒀어요."

내일. 강우는 그간 미뤄뒀던 지구의 인연과 지옥에서 쌓아 온 인연 사이에 연결 고리를 만들어줄 생각이었다. 이른바 친목회. 조금 더 노골적으로는 그냥 하루 시간을 내어 놀고 마시는 시간을 가질 계획이다.

"그럼 내일 보자."

"으음?"

짧은 인사말에 리리스가 고개를 갸웃거렸다.

그녀의 입가가 올라갔다. 머리카락이 촉수로 변하기 시작했다.

"자, 잠깐."

"어머, 어머. 벌써 돌아가기는 아쉽죠."

"살려줘."

"부하의 공로를 치하해 주시는 것이 왕의 의무라는 건… 알고 계시죠?"

"허업."

찰칵. 길게 뻗어 나간 촉수가 방문을 잠갔다.

탕. 탕. 탕.

식칼이 도마를 두드리는 규칙적인 소리가 울려 퍼지며 정밀한 기계로 썬 것처럼 식재료들이 잘려 나갔다.

"으……."

방 안에서 들리는 작은 소리에 한설아는 고개를 돌렸다.

'무슨 얘기를 하시는 걸까.'

방 안으로 들어간 리리스. 그녀가 강우와 무슨 대화를 나누고 있는지 궁금함을 참기 힘들었다.

"하아."

한숨이 흘러나왔다. 고개를 숙인 채 슬리퍼를 신은 발로 바닥을 쿡쿡 찼다.

'요즘 들어 강우 씨와 거의 얘기를 못 나눈 것 같아.'

마몬이라는 악마 대공의 등장 이후 안 그래도 바빴던 강우가 한층 더 정신없어졌다. 가디언즈의 일과 더불어 개인 수련,

그 밖에도 신경 써줘야 할 사람들이 워낙 많이 생기다 보니 대화의 기회가 점점 줄어든 것이다.

'조금······.'

외롭다고 느꼈다. 같은 집에 살고 있어도 점점 그와의 거리가 멀어지는 기분.

"······."

한설아는 자른 식재료를 냄비에 넣었다. 이제는 눈감고도 만들 수 있을 정도로 익숙해진 김치찌개가 감미로운 냄새를 흘리며 보글보글 끓었다.

그녀는 잠시 의자에 앉아 강우에 대해서 생각했다.

'강우 씨는 날 어떻게 생각하는 걸까.'

2년을 함께 살았다. 서로 싫어하는 사람도 마음을 터놓고 감정을 가질 만한 시간. 심지어 그녀는 처음부터 강우에게 큰 호감을 가지고 있었다.

호감을 가지지 않는 것이 이상했다. 그는 그녀의 목숨을 구해줬다. 지옥과도 같았던 삶을 구원했다.

그럼에도 그 무엇도 요구하지 않았다. 그저 함께 있어주기만을 바랐을 뿐이다.

목숨을 구해줬다고 사랑에 빠지는 게 쌍팔년도 드라마 같다는 생각을 하기도 했으나 막말로 말해 이 정도까지 자신을 위해줬는데 감정이 동하지 않는 것도 이상했다.

'아니야.'

생각을 이어가던 그녀는 고개를 저었다.

목숨을 구해줬기에, 지옥에서 구원해 줬기에 그에게 마음을 가지고 있다. 이런 단순한 문제가 아니었다.

그를 떠올렸다.

약간 사납게 생긴 날카로운 눈매. 해야 할 일에 거침없이 발을 내디디고, 그의 옆에 서서 가만히 따라만 가도 괜찮을 것 같다는 신뢰를 준다.

'하지만.'

그와 동시에, 언뜻 보여주는 눈빛은 너무도 어둡다. 몸이 망가질 정도로 처절하고, 처참해 보인다. 고독을 씹어 삼킨 듯 외로워 보인다.

그러한 이질적인 두 모습. 움직이지 않는 관절을 억지로 삐걱거리며 앞으로 달려가는 듯한 안타까움. 그를 믿는다는 감정과 그를 보살펴 주고 싶다는 감정이 섞인다.

그러한 감정에 대해 확신한 것은 벌써 오래전. 강우가 느낄지는 모르겠지만 몇 번인가 그러한 감정에 대해서 사인을 보내기도 했다. 덕분에 이제는 가족처럼 가까운 관계가 됐다.

"그런데……."

뭔가 결정적으로 거리를 좁히지는 못했다. 앞으로 한 발자국만 내디디면 끝날 것 같은 상황에서 계속 헛돌고 있다.

한설아는 볼을 부풀리며 약간의 분노를 담아 발치에 있는 쿠션을 찼다.

"겨, 결혼하자고 말씀하셨으면서."

얼굴이 붉어졌다. 처음 그를 만났던 날. 그녀의 손을 잡자마자 내뱉은 강우의 말이 떠올랐다.

처음에는 참 독특한 사람이라고 생각했지만, 그의 과거에 대해서 들으니 그제야 고개가 끄덕여졌다. 그는 만 년이라는 아득한 시간 만에, 처음으로 사람을 만난 거였다.

'조, 조금 운명 같은 느낌… 일까?'

만 년 동안 지옥에 갇힌 그.

그가 예언의 악마, 사탄의 손에서 지구를 구하기 위해 차원의 벽을 넘어온 순간 처음으로 만난 사람이 그녀였던 것이다. 이것을 운명이라고 부르지 않는다면 무엇을 운명이라 부른단 말인가.

부글부글! 치이이익!

"꺄악!"

냄비에서 무언가 흘러넘치는 소리에 무심코 비명을 지른 한설아는 귀까지 새빨갛게 달아오른 얼굴로 다급히 불을 껐다.

"하아, 하아. 지, 진정해."

가슴을 쓸어내렸다. 입술을 깨물었다. 혼란스러운 머리를 다잡았다.

한설아는 숨을 고르며 고개를 돌렸다.

아직 굳게 닫힌 방 안. 리리스가 들어간 지 한 시간이 넘었는데 나오지 않는다.

"⋯⋯."

갑작스럽게 초조함이 밀려왔다.

'네 쪽에서 적극적으로 어필 안 하면 저놈은 평생 걸려도 모를걸?'

얼마 전, 차연주가 했던 말들이 떠올랐다.

'적극적으로⋯⋯.'

한설아는 주먹을 굳게 움켜쥐었다.

태어나서 지금까지 남자와 사귀어본 적이 없기에 잘은 몰랐지만, 어떻게든 도전해야겠다는 생각이 들었다.

달칵.

"후후훗. 그럼 내일 봐요, 강우 님~!"

때마침 방문이 열리며 리리스가 나왔다.

"어머?"

밖으로 나오다 한설아와 눈이 마주친 리리스가 짙은 미소를 지었다. 마치 모든 것을 알고 있다는 듯이, 내면을 낱낱이 드러내는 요사스러운 눈빛에 한설아의 몸이 흠칫 굳었다.

어느새 다가온 리리스가 그녀의 어깨를 잡고 귓속말했다.

"쉽지 않을 거예요. 마왕님의 마음을 움직이는 것."

약간 쓸쓸함이 느껴지는 목소리와 함께 말을 이었다.

"제가 아주 오랫동안 시도했지만⋯ 실패했거든요."

"아⋯⋯."

짧은 탄성.

리리스는 촉촉해진 눈가를 손으로 닦았다. 그리고 환하게 미소 지었다.

"만약 성공하면 제게도 비법을 알려주세요."

"그, 그게."

대체 뭐라고 대답해야 할까.

한설아는 대답을 망설였다.

리리스. 그녀와의 관계는 아직 어색했다. 아니, 만약 친했다고 하더라도 지금 답을 하기는 어려웠을 것이다. 그녀와는 같은 남자를 바라보는 연적 사이라는 것을, 어렵지 않게 알 수 있었으니까.

'리리스 씨는 천 년이나 강우 씨와 같이 있었다고 했지.'

질투심이 끓어올랐다.

무심코 리리스의 외모를 살폈다. 청초한 외모와 묘한 색기가 흘러나오는 외모. 같은 여자라도 무심코 감탄사가 흐를 정도로 아름다운 외모였다. 예전에 쿠로사키 유리에의 모습을 뉴스로 본 적 있었는데, 그때보다 훨씬 더 아름답게 느껴졌다.

'저번에 본체는 더 예쁘다고 하셨는데.'

이보다 더 아름다울 수 있다니, 상상하기 힘들었다.

'이렇게 예쁘신 데도 마음을 움직이는 데 실패했다니……'

자심감이 실시간으로 사라졌다.

"그럼, 응원할게요."

리리스가 가볍게 손을 저으며 몸을 돌렸다. 말은 그렇게 말하지만, 마치 한설아가 실패할 것이라고 이미 확신한 듯한 분위기였다.

리리스가 떠난 후, 한설아는 초조하게 입술을 깨물었다.

달칵.

"가, 강우 씨?"

"……"

방문을 열자 침대에 앉아 있는 강우의 모습이 보였다. 두 눈은 어딘가 멍하고, 뺨은 홀쭉해져 있다.

전쟁을 앞둔 병사가 저러할까. 망가진 시계, 고장 난 목각 인형처럼 움직임조차 어색했다.

'피곤하셨던 거야.'

그토록 바쁜 일정을 소화했으니 당연하다면 당연할 노릇.

한설아의 표정이 아쉬움에 물들었다. 아무리 봐도 대화할 수 있는 상황이 아니다.

'어떻게 해야… 강우 씨의 마음을 움직일 수 있을까?'

깊은 한숨이 흘러나왔다.

그녀는 조용히 방문을 닫았다.

넓은 호수.

호수를 둘러싼 초목들이 아름답게 피어 있는 장소에 넓게 돗자리가 펼쳐져 있고, 그 돗자리에는 각종 호화스러운 음식과 함께 십수 종류의 음료와 주류가 늘어져 있었다.

그리고 그 주변에 약간은 어색한 표정으로 발록과 리리스를 힐끔거리며 바라보고 있는 사람들이 있었다. 아니, 정확히 말하자면, 그들은 5미터의 덩치를 자랑하는 발록을 경계심 어린 눈빛으로 바라보고 있었다.

"후훗. 이렇게 여러분들과 본격적인 자리를 마련해서 얘기하는 건 처음인 것 같네요. 반갑습니다. 지옥에서 오랫동안 강우 님을 보필하고 있었던 리리스라고 해요."

리리스가 방긋 미소를 지으며 잔을 건넸다. 김시훈과 차연주, 천무진은 얼떨떨한 표정으로 고개를 끄덕였다.

"그러니까… 쿠로사키 유리에의 몸에 악마가 들어간 거라고?"

"예, 맞아요."

"그럼 쿠로사키 유리에는 어떻게 된 건가?"

"그녀는… 지금 제 안에서 잠들어 있어요."

리리스는 가슴에 손을 올렸다.

"아직은 악마와 융합된 것 때문에 정신을 차리지 못하고 있지만, 시간이 지나면 자연스럽게 의식을 공유할 수 있을 거예요."

"흐응……."

"인간과 악마가 한 육체에서 의식을 공유하다니……."

천무진은 복잡한 표정을 했다.

졸지에 악마에게 육체를 빼앗기게 된 쿠로사키 유리에에 대해서는 동정심이 들었지만 그렇다고 직접 나서서 리리스를 나무라기도 뭐한 상황.

그녀가 원해서 몸을 빼앗은 것도 아닐뿐더러 애초에 쿠로사키 유리에하고는 직접적인 인연이 전혀 없다. 게다가 완전히 의식을 잃은 것도 아니라고 하니 찝찝하기는 했지만 뭐라 말할 수는 없었다.

"강우 씨처럼 이분들도……."

가이아는 바짝 긴장한 표정으로 강우를 향해 고개를 돌렸다. 아무리 그래도 가이아의 화신이라는 입장에서 악마를 받아들이기는 쉽지 않았기 때문이다.

강우는 진지한 목소리로 답했다.

"저처럼 마기 자체를 극복한 것은 아닙니다. 하지만 다들 예언의 악마를 쓰러뜨리는 데 도움을 줄 겁니다."

"그렇… 군요."

가이아는 복잡한 표정으로 고개를 숙였다.

마(魔)의 육체를 버리고 영웅신의 기운을 받아들인 강우라면 몰라도 순수한 악마인 그들을 정말로 믿어도 되는가, 라는 의문이 떠올랐다.

'혹시 강우 씨도 속고 있는 것이 아닐까?'

그런 생각이 들지 않을 수 없었다.

-걱정할 것 없다.

가이아의 귓가에 발록의 목소리가 들렸다.

-나는 왕에게 영혼을 바쳤다. 그를 위해서라면 뭐든 할 수 있다.

확신에 찬 목소리. 흔들림 없는 그의 의지가 가이아에게 전해졌다.

가이아는 옷자락을 움켜쥐며 입을 열었다.

"지금 강우 씨는 마왕이 아닌데도… 충성을 맹세하시는 건가요?"

-하하하!

발록이 웃음을 터뜨렸다.

-물론 사탄에게 패배하며 마왕의 자리를 잃으셨지. 하지만 적어도 내게 있어서 왕은 언제나 왕이다.

"……."

가이아는 굳게 입을 다물었다. 충성심 가득한 그의 목소리가 거짓처럼 들리지는 않았다.

가이아는 희미한 미소를 입가에 머금었다.

"알겠습니다. 믿을게요, 발록 씨."

-크크크, 전에 보여주던 모습과는 달리 침착한 태도…….

"꺄악! 쉬, 쉬잇! 조용히 하세요!"

가이아가 뺨을 붉혔다.

그 모습에 웃음을 터뜨리던 강우는 자리에 모인 사람들을 바라보며 입을 열었다.

"오늘 이 자리를 마련한 이유는 지옥에서 저와 함께한 두 부하를 소개시켜 주면서 이제까지 쌓인 피로를 한번 풀기 위해서입니다. 사실 가디언즈가 설립된 이후 이렇게 자리를 가지고 모일 일이 한 번도 없었죠. 모두 그냥 놀러 왔다고 생각하고 편하게 즐겨주세요."

"이런 자리 마련해 주셔서 감사합니다, 형님."

김시훈이 밝게 미소를 지었다. 가이아, 강우와 함께 이곳에 온 것이 퍽 마음에 드는 모양.

강우는 피식 웃으며 젓가락을 들었다.

"요리는 설아가 엄청 힘들게 준비해 줬으니 다들 고맙다는 말이라도 해줘."

"키햐! 역시 형수님이요! 어찌 이렇게 많은 양을 준비하셨소?

맛도 기냥……!"

"아, 그, 그냥 좋아서 제가 만든 거예요!"

한설아의 얼굴이 붉어지고 가벼운 웃음꽃이 피어났다.

강우의 무릎 위, 이제는 지정석에 가까워진 곳에 앉아 있던 에키드나가 손을 뻗어 김밥을 젓가락으로 하나 집었다.

"강우, 아."

"응?"

입가에 가까워진 김밥. 강우는 피식 웃으며 입을 벌렸다. 치즈가 들어간 김밥의 묘하게 느끼한 맛이 아주 마음에 들었다.

"맛있어?"

"응."

"흐응! 흐응!"

무언갈 기대하는 표정으로 콧바람을 뿜는 에키드나. 강우는 에키드나가 그랬듯 김밥 하나를 집어 그녀에게 먹여주었다.

"우물우물. 맛있어. 역시 설아가 최고야."

"호호. 에키드나도 아침에 도와줬잖니."

"내가 만든 건 다 터져 버렸는걸."

에키드나는 입술을 삐죽 내밀었다.

한설아는 귀여운 그녀의 모습에 참지 못하고 강우에게서 그녀를 빼앗아 껴안았다.

"꺄아아아! 대체 왜 이렇게 귀여운 거니?"

"설아, 숨 막혀."

에키드나는 거대한 무언가에 짓눌려 괴롭다는 듯 몸을 바동거렸다. 사이좋은 자매, 혹은 모녀를 보는 듯한 훈훈함.

"호호호. 생각했던 것보다 분위기가 좋네요."

리리스가 웃으며 다가왔다.

움찔. 강우의 몸이 떨렸다. 어제의 기억이, 트라우마가 떠올랐다. 식은땀이 흐르며 얼굴이 창백해졌다.

"자, 강우 님. 아~ 해보세요."

"아, 아아."

공포에 질려 신음을 흘리는 건지 아니면 음식을 받아먹는 모르겠지만 어쨌든 김밥 하나가 입안으로 들어왔다.

강우는 기계적으로 씹었다.

"크읏……."

그 모습을 바라보던 김시훈이 침음을 흘렸다. 그리고 질투에 찬 시선이 강우를 향했다.

'아니, 왜?'

설마 그사이 리리스에게 마음이라도 생긴 거란 말인가.

"혀, 형님."

'뭐야.'

"크흠. 뭐, 뭔가 분위기상 하는 겁니다. 분위기상."

'뭔 분위기.'

"아, 해보십쇼."

'뭐요 시바?'

얼굴을 붉히며 다가오는 김시훈. 그는 젓가락으로 김밥을 하나 잡은 채, 부끄럽다는 듯 고개를 돌렸다.

'부끄러워하지 마, 이 새끼야.'

새파랗게 질렸던 강우의 표정이 한층 더 창백해졌다.

"아니, 이제 김밥은 질렸……."

-후후. 왕의 취향을 잘 모르는군, 인간.

'더 상황 복잡하게 만들지 말고 저리 꺼져.'

리리스에 이어 김시훈, 발록까지 끼어들자 위액이 역류할 것만 같았다.

에키드나를 끌어안고 있는 한설아에게 다급히 손을 뻗었지만 이미 자신은 안중에도 보이지 않는 듯했다.

'임자…….'

천국과 지옥의 거리는 1미터. 하지만 좁히기에는 그의 팔을 굳건히 잡은 김시훈과 발록이 방해다.

"……그게 무슨 말입니까?"

-말 그대로의 말이다. 너 또한 왕에게 충성을 맹세했다 들었는데……. 아직 한참 부족하군.

"헛소리,"

"애들아, 왜 그래. 우리 다 같이 친해지려고 여기 온……."

-하긴, 일단 왕을 섬겼던 시간 자체가 다르니 어쩔 수 없나. 하하하! 왕에 대해서 알기는 어려운 시간이지.

"하, 마치 강우 형에 대해 모든 걸 알고 계신다는 듯이 말하시는군요."

"저기요? 제 목소리 들리세요?"

뭔가 뜨거워지는 분위기. 김시훈과 발록은 날카로운 눈으로 서로를 노려보았다.

쿠구궁.

둘의 기운이 충돌했다. 구천지옥의 대악마조차 가볍게 썰어버릴 수 있는 강자가 내뿜는 기운의 충돌에 땅이 조금씩 흔들렸다.

-내가 왕이 좋아하는 음식에 대해서 알려주도록 하지!

'너 모르잖아.'

발록은 거대한 손으로 젓가락을 잡고 무언가를 찍었다. 바로 차연주가 가져온 세트 회. 그 회에 딸려 온 매운탕용 생선 대가리였다.

-왕은 이처럼 생물의 머리를 즐겨 드시지!

'아닌데.'

-자! 보이나! 기뻐하시는 왕의 모습이!

'안 기쁜데.'

-흐흐흐. 어서 드십시오, 왕이시어.

'그거 그렇게 먹는 거 아니야 이 개자식아.'

발록이 젓가락으로 찍은 생선 대가리를 통째로 내밀자 역한 비린내가 확 퍼졌다.

"혀, 형님! 그보다는 이걸!"

-왕이시여!

"아……."

다 꺼졌으면 좋겠다.

강우는 두 손으로 얼굴을 덮은 채 머리를 무릎에 파묻었다.

"가, 강우 씨……."

한설아는 발록과 김시훈을 피해 어딘가로 도망가는 강우의 뒷모습을 바라보며 안타까운 탄성을 흘렸다.

'나도 하고 싶었는데…….'

애꿎은 젓가락으로 김밥을 돌리며 아쉬움을 곱씹고 있자니 리리스가 다가왔다.

"호호. 어제는 잘되셨나요?"

"아, 아뇨. 아직……."

"흐응. 용기가 부족하시네요. 성공하기를 바랐는데 말이죠."

"……."

한설아는 굳게 입을 다물었다.

그녀는 조심스러운 목소리로 입을 열었다.

"저… 리리스 씨는 괜찮은 건가요?"

"네? 뭐가요?"

"제가… 그… 강우 씨랑 자, 잘되기라도 하면 그 리리스 씨는……."

말을 제대로 잇지 못하는 모습에 리리스는 꺄르르 웃음을 터뜨렸다.

"상관없어요."

"예?"

"왕은 원래 여러 여인을 가지는 법이니까요."

"……."

납득하기 어려운 말. 한국에서 태어나고 자란 그녀가 받아들이기 힘든 가치관이었다.

"후훗, 농담이에요."

"아……. 그, 그렇죠?"

"예. 솔직하게 말씀드릴게요."

리리스는 씁쓸한 미소를 입가에 머금은 채, 푸른 하늘을 올려다보았다.

"누구라도, 왕의 마음을 달래줄 수 있다면 좋다고 생각하고 있어요."

"……."

"설아 씨는 강우 님이 지옥에서 어떤 일을 겪으셨는지 들은 게 있나요?"

"아, 아뇨."

고개를 저었다.

리리스는 깊게 가라앉은 눈빛으로 말을 이었다.

"지금은 아무렇지 않으신 척을 하지만……. 정말, 정말로 많은 상처를 입으신 분이에요."

"……."

"후훗. 말은 저렇게 하셔도 정이 참 많으신 분이니까요. 왕이 처음 대공들과 전쟁을 하게 된 이유가 뭔지 아시나요?"

"아, 뇨."

"저기 보이는 저 덩치 때문이에요."

"발록 씨요?"

리리스는 쓸쓸히 고개를 끄덕였다.

"저 덩치 하나를 구하기 위해서… 모든 대공들을 적으로 만드셨죠. 그 정도로 정이 깊으신 분이에요. 그러니……."

많이 상처 입으셨을 거에요.

이어지는 그녀의 말에는 담지 못할 정도로 깊은 감정이 느껴졌다.

한설아는 굳게 입을 다물었다.

뭔가 분했다. 자신이 모르는 강우를, 그녀만 알고 있는 것이 답답하게 느껴졌다.

"후훗. 그럼 오늘이라도 꼭 성공하시길 바랄게요."

리리스가 가볍게 손을 저으며 몸을 일으켰다.

한설아는 멀어지는 그녀의 뒷모습을 바라보며 이내 자리에서 일어섰다.

'더 이상.'

우물쭈물거리고 싶지 않았다. 이미 자신이 그녀보다 훨씬 뒤늦게 출발했다는 것을 알아버렸으니까.

깊게 숨을 들이쉬고 몸을 돌렸다.

'아마, 실패하겠지.'

강우의 마음을 얻는 것. 리리스와 얘기를 하며 그것이 얼마나 어려운 일인지 느낄 수 있었다.

'저렇게 강우 씨에 대해서 깊게 생각하고 예쁜데……'

그런 리리스가 아직 강우의 마음을 얻지 못했다면 더욱 승산은 없어 보였다.

하지만.

"적어도… 전하기라도 하고 싶어."

한설아는 눈을 빛내며 강우가 도망친 방향으로 발걸음을 옮겼다.

숲속으로 조금 들어가니 강우가 나무에 기대어 쉬고 있는 것이 보였다.

"강우 씨."

"아, 응. 무슨 일이야?"

"마, 말하고 싶은 게 있어서요."

한설아는 두 눈을 질끈 감았다.

그녀의 머리가 빠른 속도로 돌아갔다.

'어, 어떻게 말해야 좋은 거지?'

고백을 받은 적은 셀 수 없이 많아도 해본 적은 없다.

'일단.'

손을 뻗어, 강우의 손을 살며시 잡았다.

"응?"

"그, 그그그게……."

눈이 핑핑 돌았다. 머릿속이 복잡해졌다.

'강우 씨가 좋아하는 거. 그걸 어떻게 이용…….'

혼란에 빠진 머릿속. 되는 대로 입이 움직였다.

"앞으로 가, 강우 씨에게 평생 김치찌개를 만들어 드리고 싶어요."

'이 멍청아아아아!!!'

갑자기 뭔 프러포즈란 말인가. 아니, 프러포즈조차 되지 못한다. 개그에 가까운 자폭. 밀려오는 미칠 듯한 수치심에 한설아는 비명이라도 지르고 싶었다.

'이상한 여자라고 생각하겠지? 갑자기 뜬금없이 뭔 말이냐고 생각하겠지?'

온갖 부정적인 상상이 머릿속에 끓어올랐다. 한설아는 도저히 견딜 수 없는 수치심에 몸을 돌려 도망치려 했다.

그때였다.

"크흡."

'응?'

"흐어어어어엉. 시바……. 태어나서 다행이야. 으허허헝!"

강우가 감격에 찬 목소리로 주저앉았다. 눈가에는 눈물까지 보이고 있다.

"앞으로 행복하게 해줄게요, 임자."

"……"

손을 잡은 채, 초롱초롱한 눈으로 올려보기까지 한다.

리리스가 했던 말이 머릿속에서 스쳐 지나갔다.

'쉽지 않을 거예요. 마왕님의 마음을 움직이는 것. 제가 아주 오랫동안 시도했지만… 실패했거든요.'

'뭐지?'

쉬운데?

◆ 4장 ◆

빛의 감시자

"아직까지 아무 움직임이 없다고?"

강우는 리리스가 가져다준 서류를 바라보며 눈살을 찌푸렸다.

"예."

"흠……."

침음을 흘렸다.

'움직임을 보일 때가 됐는데?'

루시퍼나 사탄. 둘 중 하나는 얼마 지나지 않아 움직임을 보일 것이라 생각했다. 하지만 예상과는 달리 두 악마 중 어떤 악마도 움직임을 보이지 않고 있다.

'마기 스탯을 올려야 하는데.'

과거 구천지옥에서의 경지를 넘어 마신에 도달하기 위해서는 일단 마기 스탯 150에 도달할 필요가 있었다.

이미 성장 자체가 한계치에 도달한 마기 스탯을 올리기 위해서는 대공급 존재가 움직임을 보여야 하는데 생각했던 것과 달리 모습을 보이지 않으니 짜증이 치솟았다.

'먼저 그 거대 지부라는 곳을 공격할까.'

그것도 방법 중 하나.

잠시 고민을 이어가던 강우는 이내 고개를 저었다.

'조금 더 기다려 보자.'

1만 명 이상이 모여 있는 거대 지부라고 해서 대공급 존재가 있다고 확신할 수는 없었다. 아프리카에 있던 거대 지부만 하더라도 추기경급만 많았을 뿐 대공 같은 존재가 있었던 건 아니었으니까.

'애초에 그 악의 위상이라는 놈들이 몇 명인지 모르니.'

마몬과 사탄. 그 둘은 분명 악의 위상급 존재일 것이다.

하지만 그 둘이 끝인지는 아직 알 수 없다.

'더 있었으면 좋겠는데.'

안정적인 마기 수급을 위해서도 악의 위상급 존재가 여럿인 게 좋았다. 설사 대공이 부활한 것이 아니어도 그와 비슷한 급의 존재라면 마기 스탯을 올리는 데 문제가 없을 테니까.

'대공이 아니고서야 악의 위상이라고 불릴 수 있는지는 모

르겠지만.'

아직까지 구천지옥의 존재 외에 대공에 준하는 존재는 신 외에는 만나지 못했다.

강우는 의자 등받이에 기댄 채 생각에 잠겼다.

우우웅.

그때, 책상 위에 올려둔 수정구슬이 빛을 뿜었다. 가디언즈의 정예 맴버들에게 지급되는 수정구슬.

손을 뻗어 수정구슬을 들어 올렸다.

[아, 형님!]

"무슨 일이야?"

수정구슬을 통해서 들리는 김시훈의 목소리.

[지금 가이아 씨가 계시를 받았다고 합니다.]

"계시?"

[예. 일단 직접 와보셔야 할 것 같습니다.]

"바로 갈게."

자리에서 일어선 강우는 날카롭게 눈을 빛냈다.

'계시라.'

예전에 이계의 신, 베니고어가 왔을 때 가이아가 계시를 받은 일이 있었다.

'이번에도 이계의 신이 오는 건가?'

지금 지구의 상태는 파산한 국가와 마찬가지. 지구의 신들이 자력으로 지구를 지킬 방법이 없기 때문에 이곳저곳 도움을 요청하는 중이었다.

'덕분에 스탯이 3이나 올랐었지.'

머나먼 이계의 신이건, 아니면 지구와 인접해 있다는 에르노어 대륙, 환 대륙의 신이건 상관없다. 이용할 수 있는 건 이용해야 하고, 털어먹을 수 있는 것은 남김없이 털어먹어야 했다. 지금 지구의 신들은 자신들이 담당한 세계를 지킬 힘이 없으니까.

"쯧, 하여간 무능한 새끼들."

이계의 세력에서 지구를 지켜야 할 놈들이 하는 거라고는 다른 세계에 빌붙는 것뿐. 이토록 한심한 신이 어디에 있단 말인가.

"바로 수호의 전당으로 가실 건가요?"

"응."

"따라가겠습니다."

"아니, 여기 있어."

고개를 저었다.

'만약의 경우가 있으니까.'

마기의 지배자 효과로 그녀의 마기까지 감출 수는 있지만, 굳이 사서 위험 요소를 늘릴 필요는 없다.

"그럼 부르시면 언제든 갈 수 있도록 대기하겠습니다."

"발록에게도 전해줘."

"예."

수정구슬을 들어 바닥에 놓자 새하얀 게이트가 나타났다.

화악.

이제는 익숙해진 감각을 느끼며 발걸음을 옮겼다.

김시훈의 모습이 보였다.

"가이아 씨는?"

"여기입니다."

김시훈은 걱정스러운 표정으로 그를 이끌었다.

뒤를 따르니 휠체어에 앉은 가이아가 고개를 쳐든 채 가늘게 몸을 떨고 있는 것이 보였다. 마치 신내림을 받은 무당과 같은 모습.

김시훈의 표정이 이해됐다.

"아으, 아."

한동안 몸을 떨던 가이아가 거친 숨을 토해냈다.

"하아, 하아. 와, 와주셨군요."

"당연하죠. 가이아 님의 계시를 받으신 겁니까?"

"아뇨. 이번에도 가이아 님의 계시는 아니었습니다."

가이아는 고개를 저었다.

"저번처럼 이계의 신이 온다는 계시입니까?"

이번에도 고개를 저었다.

"아뇨. 앞으로의 일을 위해 조력자를 보내주신다고는 했는데…… 저번처럼 신은 아니에요."

"그렇다면?"

"에르노어 대륙의… 빛의 감시자들에게 도움을 요청했다고 해요."

"빛의 감시자?"

"누군지는 저도 모르겠어요."

"……."

강우는 눈살을 찌푸렸다.

'아니, 좀 알려줄 거면 제대로 알려줘라.'

일단 지르고 보자는 생각인지 여기저기 닥치는 대로 도움을 요청하고 다니는 듯한 모습. 자칫하면 오히려 이쪽에 피해를 줄 수 있는 행동이었다.

'결국 똥 치우는 건 우리잖아.'

다시 한번 무능력한 신들의 행동에 한숨이 흘러나왔다.

'이게 나라냐.'

대체 누구 때문에 파산했는지는 몰라도 이렇게 무분별하게 외세의 힘을 끌어다 쓸 줄이야. 절로 한숨이 흘러나왔다.

"수호의 전당으로 오는 건가요?"

"아뇨. 그… 빛의 감시자들도 지구에 조사할 것이 있다고 해서 아프리카 쪽으로 온다고 해요."

"아프리카……?"

"예. 그 얼마 전에 대규모 전투의 흔적이 발견된 곳 아시죠?"

"아."

모를 리가 있나. 루시퍼와 사탄이 격돌한 장소였다.

"바로 가죠."

강우는 망설임 없이 몸을 돌렸다.

격렬한 전투의 영향으로 황폐해진 초원. 그곳에 나타난 푸른색 게이트를 통해 새하얀 사제복을 입은 이들이 걸어 나왔다. 새하얀 로브의 뒤에는 천사의 날개 문양이 그려져 있었다. 숫자는 다섯.

그중 선두에 선 금발의 사내가 고개를 돌렸다.

"이곳이……."

"지구, 라는 곳이군."

"에르노어에 비해 마나의 분포가 상당히 낮군요."

새하얀 사제복을 입은 이들이 날카로운 눈으로 조사를 이어갔다.

"루드비히 사도님. 지구의 사도들과는……."

"라파엘 님께서 연락을 취해두셨다고 말씀하셨습니다."

"그런데 굳이 그들을 도와줄 필요가 있습니까? 어차피 망가진 신의 권속 따위 마(魔)를 멸하는 데 도움도 되지 않을 터인데."

"그런 말씀 하지 마세요. 그들 또한 빛을 섬기는 자들입니다. 어둠이 짙을수록 빛은 서로를 비춰주어야 합니다."

루드비히가 엄한 목소리로 말했다.

"죄, 죄송합니다."

사제들이 다급히 고개를 숙였다.

그때였다.

"반갑습니다."

새하얀 게이트에서 세 남녀가 나타났다. 강우와 김시훈, 가이아였다.

루드비히는 사람 좋은 미소를 입가에 머금은 채 깊게 허리를 숙였다.

"만나서 반갑습니다. 가이아의 사도들이여. 저는 빛의 감시자 루드비히라고 합니다."

예의 바른 동작. 정중한 목소리와 몸짓에 가이아도 마주 고개를 숙였다.

"가이아라고 합니다."

"오……. 섬기는 신의 이름을 그대로 딴 것입니까?"

"본명은 버렸습니다."

"……감탄스러운 일이군요."

루드비히는 고개를 끄덕였다.

"라파엘 님에게 얘기는 들었습니다. 가이아 님은 현재……"

"의식이 없으십니다."

"그렇군요."

루드비히는 숙연한 표정으로 한숨을 내쉬었다.

그의 눈가에 눈물이 맺혔다.

"자애로운 신이 그런 상황이라니, 빛을 섬기는 입장에서 실로… 마음이 아픈 일이군요."

"걱정해주셔서 감사합니다. 하지만 저희에겐 이 별을 지키기 위해 목숨을 걸고 모인 수많은 영웅들이 있습니다."

"하하하. 믿음직스럽군요."

루드비히는 밝게 웃었다. 주변이 환해지는 것처럼 느껴질 정도로 시원한 웃음. 그에게서 흘러나오는 온화한 분위기가 경계를 누그러뜨렸다.

'빛의 감시자들이라.'

강우는 가늘게 눈을 뜨며 그들을 살폈다.

등 뒤에 새겨진 천사의 문양.

'일단 천사는 아닌 것 같은데.'

그렇다면 그들을 섬기는 존재리라.

강우는 앞으로 걸어가며 물었다.

"빛의 감시자란 무엇입니까?"

"아, 죄송합니다. 설명이 부족했군요. 저희는 라파엘 님을 섬기는 신도들입니다."

'역시.'

천사와 연관된 놈들이 맞았다.

강우는 고개를 끄덕이며 루드비히를 천천히 훑어봤다.

'……잘 모르겠군.'

천사의 힘을 지닌 존재들은 처음 만난다. 루드비히와 다른 빛의 감시자들이 어느 정도 힘을 지니고 있는지 느껴지는 것이 없었다.

'뭐, 나중에 천천히 알아가면 되겠지.'

일단 그들이 '마기의 지배자'를 뚫고 마기를 알아차리지 못한다는 것은 확인했다. 그렇다면 괜히 그들과 척을 지는 것보다 우호적인 관계를 쌓는 것이 좋았다.

"듣기로는 따로 조사하실 것도 있어서 이곳으로 오셨다고 했는데……."

"아, 예. 루시퍼의 행방을 찾고 있습니다."

"루시퍼?"

"예."

루드비히는 고개를 끄덕였다.

"라파엘 님과 대적하고 있는 사악한 악마의 이름입니다. 얼마 전 갑작스럽게 모습을 감췄습니다."

"그 루시퍼가 지구로 왔다는 말씀이신가요?"

"아직 확실치 않습니다. 다만, 이곳에서 그자의 기척이 느껴지는 것은 확실합니다."

대공 루시퍼. 그가 지구로 왔다는 소식에 가이아와 김시훈의 표정이 굳었다.

강우만이 이해할 수 없다는 듯 표정을 일그러뜨렸다.

'이 자식 에르노어 대륙으로 돌아간 게 아니었어?'

가늘게 눈을 떴다.

한쪽 팔을 뜯어내며, 푸른 게이트 속으로 사라진 루시퍼의 모습이 떠올랐다.

'아니, 돌아가긴 했을 거야.'

그 뒤에 천사가 찾을 수 없는 곳으로 완전히 숨어든 것 같았다.

'뭐, 나쁜 소식은 아닌가.'

천사들 쪽에서 루시퍼를 찾아줘도 상관없었다. 라파엘과 루시퍼의 싸움을 유도한 후 숟가락을 얹어도 나쁜 상황이 아니었으니까.

"서로 함께 빛을 섬기는 자들로서, 악을 멸하기 위해 힘을 합쳐봅시다."

루드비히는 밝게 웃으며 먼저 손을 내밀었다.

가이아가 고개를 끄덕이며 그의 손을 마주 잡았다.

"이렇게 다른 세계의 일까지 신경 써주셔서 감사합니다."

"아닙니다. 설사 이곳이 다른 세계라고 해도, 마(魔)는 반드시 멸해야만 하는 존재니까요."

"아……. 무, 물론이죠."

가이아는 일순 강우를 향해 고개 돌렸지만 이내 능청스럽게 고개를 끄덕였다.

그가 과거 구천지옥의 마왕이었다는 사실을 알리지 않는 것이 현명하겠다고 판단했으리라.

"저희도 도울 수 있는 대로 돕겠습니다."

강우는 루드비히의 손을 마주 잡았다.

'이거 나쁘지 않은데.'

그들이 악마에게 악감정을 가지고 있건 말건 자신이 악마라는 사실을 알아보지 못하는 이상 중요치 않다.

'일단 사람도 괜찮아 보이고.'

사람이 젠틀하니 불쾌한 느낌은 아니었다. 악마에게 조금 지나친 적대심을 보이는 것 같지만, 대천사의 사도라면 이해할 수 있다.

'좋은 동료가 될 수 있을 것 같구만.'

"아, 루시퍼의 행방 말고도 또 하나 조사하고 있는 것이 있습니다. 예언의 악마… 라는 존재인데. 라파엘 님께서 지구의 신들과 협력해 놈을 찾을 방법을 전해주셨습니다."

'아니네. 동료가 되기는 힘들겠네.'

어쩐지 처음부터 뭔가 말하는 것부터 불쾌하게 느껴졌다.

분명 저 사람 좋은 미소는 가면. 그 속에는 더럽고 추악한 악의가 가득한 것이 훤히 보였다.

악마를 멸한다는 명목하에 얼마나 많은 죄악을 저질러 왔는지 상상하기도 힘들 지경.

'이 타락한 천사의 종자 새끼.'

타오르는 분노가 전신에 퍼지며 절로 주먹이 쥐어지고, 몸이 떨렸다. 역겨움을 참기가 힘들었다.

'내 두 눈 똑바로 뜨고 있는 이상 네놈 뜻대로 흘러가도록 두지 않으리라!'

◆ 5장 ◆
순백의 처형자, 루드비히

"예언의 악마, 요?"

"……."

가이아와 김시훈의 표정에 동요가 생겼다.

당연했다.

예언의 악마. 666가지의 권능을 지닌, 마해의 주인. 지구를 수호하는 가이아 시스템을 박살 내고 외계(外界)의 침입을 이뤄지도록 만든 존재. 수호자를 죽이고, 레이날드라는 걸출한 용사를 무자비하게 살해한 악마. 악(惡)의 원흉이자 만악의 근원인 사탄. 그 악마에 대한 얘기가 이계의 조력자의 입에서 흘러나왔으니 어찌 놀라지 않을 수 있단 말인가.

"예, 예언의 악마에 대해서 아시는 것이 있으십니까?"

김시훈이 흥분한 표정으로 루드비히의 어깨를 붙잡았다.

루드비히는 무거운 표정으로 고개를 저었다.

"라파엘 님도 지구의 신들과 얘기를 나누기 전까지는 예언의 악마라는 사악한 존재에 대해 알지 못했다고 합니다. 그자가 한 짓을 들어보니… 아주 끔찍하더군요."

상상도 하기 싫다는 듯 고개를 저었다.

"영웅신 티리온 님의 사도도 그자가 죽였다고 들었습니다."

"아……."

레이날드. 그 애련한 이름에 일행은 탄성을 흘렸다. 당시 레이날드의 죽음에 눈물까지 보였던 강우의 표정은 거칠게 일그러지기까지 했다.

"사탄을 찾는 데 도움을 주실 수 있단 말입니까?"

예언의 악마 사탄. 그 악마에 대해 깊은 트라우마를 가지고 있는 김시훈은 다소 흥분에 찬 목소리로 물었다.

루드비히는 고개를 끄덕였다.

"예. 아, 그전에… 라파엘 님께서는 예언의 악마가 사탄이 아닐 수도 있다는 말씀을 하셨습니다."

"예?"

"그, 그게 무슨 소리입니까!!"

충격적인 말에 가이아와 김시훈, 강우의 표정이 딱딱하게 굳었다. 그중 강우의 표정은 창백하게 질리기까지 했다.

루드비히의 말이 이어졌다.

"라파엘 님이 알고 계시는 사탄은 마해(魔海)를 지니지 않았다고 합니다. 최악의 경우, 사탄은 예언의 악마가 아닌 그자의 권속일 가능성도……."

"그럴 가능성은 없습니다."

단호한 목소리로, 강우가 입을 열었다.

"왜 그렇게 생각하십니까?"

"과거, 사탄과 대적했던 일이 있었습니다. 그는 그때 자신의 입으로 마해를 얻었다고 말했죠. 사탄이 예언의 악마라는 것은 두말할 것 없는 사실입니다."

"아……."

루드비히는 고개를 끄덕였다.

"그렇군요. 사탄이 직접 마해를 가지고 있다고 말했다면…확실히 그자가 예언의 악마가 맞겠군요."

"……."

짧은 침묵이 흘렀다.

강우가 낮은 목소리로 입을 열었다.

"그런데 예언의 악마는 어떻게 찾으실 생각입니까?"

"이겁니다."

루드비히는 손을 뻗었다. 그러자 찬란한 빛무리가 모여들며 새하얀 검이 나타났다.

"성검 루드비히입니다."

"루드비히……?"

"예."

루드비히는 고개를 끄덕였다.

그는 희미한 미소를 지으며 가이아를 향해 고개를 돌렸다.

"저도 그녀처럼 본명을 버렸습니다. 이 검은 제 삶이자, 모든 것입니다."

루드비히는 새하얀 검을 손으로 쓰다듬었다.

"이 검은 악(惡)에 물들지 않은, 순수한 영혼만이 사용할 수 있는 검입니다. 마(魔)를 찾는데 아주 탁월한 능력을 지니고 있죠. 이 검을 사용하면 마해의 정확한 위치를 알 수 있을 겁니다."

그는 자랑스럽다는 듯 검신을 만졌다.

김시훈이 앞으로 나섰다.

"그렇다면 바로……."

"아뇨. 죄송하지만 지금 당장은 사용할 수 없습니다."

루드비히는 쓴웃음을 흘리며 고개를 저었다.

새하얀 성검이 허공에 흩어졌다.

"아직 이 세계에 검이 적응하지 못한 것 같습니다. 성검의 빛이 유지되지 않는군요."

"언제쯤 성검을 사용할 수 있는 겁니까?"

"일주일, 정도일까요? 그 뒤에는 사용할 수 있을 것 같습니다."

루드비히는 사람 좋은 미소를 지으며 말을 이었다.

"그동안 여러분께서 지구에 대해 알려주시지 않겠습니까? 이런 말씀 드리기는 좀 부끄럽지만⋯⋯. 솔직히 이세계에 대해서 관심이 많거든요."

루드비히의 눈이 반짝였다. 순진무구한 그의 모습에 가이아와 김시훈이 입가에 미소가 번졌다.

"하하하. 제가 안내해 드리겠습니다."

김시훈이 나서서 말했다.

둘은 웃으며 수호의 전당으로 향하는 게이트로 들어갔다.

루드비히를 따라온 네 명의 빛의 감시자가 그 뒤를 따랐다.

"좋은 구경 했습니다. 지구의 문명은⋯ 하하. 뭐라 말할 표현을 찾기 힘드네요. 경이로웠습니다."

루드비히는 상기된 표정으로 미소를 지었다.

하늘을 찌를 듯 높게 솟은 건물과 회색으로 가득한 도시. 아르난 제국의 수도가 우습게 느껴질 만큼 경이로운 문명이었다.

"다음에는 지구의 음식들도 소개시켜 드리겠습니다."

"기대하고 있겠습니다. 그럼 저희는 다시 그 초원으로 돌아가겠습니다."

"아프리카 말씀입니까?"

"예. 그곳에서 루시퍼의 흔적을 찾아야 하니까요."

망설임 없이 고개를 끄덕였다.

가이아가 입을 열었다.

"오늘은 이미 날이 늦었으니 수호의 전당에서 주무시고 내일 하시는 건 어떠신가요?"

"아닙니다. 마(魔)를 멸하는 중대한 일에 휴식을 취할 수는 없죠."

"저희가 도와 드릴 건 없을까요?"

"괜찮습니다."

단호한 목소리. 칼로 자르는 듯한 말투에 가이아의 표정이 순간적으로 굳었지만 이내 다시 미소를 찾았다.

"알겠습니다. 그렇게까지 말씀하시니 어쩔 수 없네요. 통신용 수정구슬을 드릴 테니 연락이 필요하면 연락해 주세요."

"감사합니다."

헤어지려는 분위기.

그때 김시훈이 앞으로 나섰다.

그는 루드비히를 향해 작은 펜던트를 내밀었다. 십자가를 천사의 날개가 감싸고 있는 디자인의 펜던트.

"이건……."

"아까 전에 유심히 보고 계시길래 몰래 샀습니다. 지구에 오신 기념으로 선물하려고요."

"오오."

루드비히는 눈을 반짝이며 탄성을 흘렸다.

"감사합니다! 예쁜 펜던트라고 생각했었는데 이렇게 선물까지……."

"별것 아닙니다."

"아니요. 적어도 제게는 아주 큰 선물입니다. 정말 감사합니다, 시훈 씨."

두 사람은 서로 악수를 나눴다.

처음 만났는데도 죽이 잘 맞는 그들의 모습에 가이아가 방긋 웃었다. 마땅히 친구라고 부를 존재가 없었던 김시훈에게 좋은 친구가 생길 수도 있다는 생각을 한 모양.

"그럼, 루시퍼의 흔적을 찾으면 또 연락드리겠습니다."

루드비히는 예의 바른 동작으로 깊게 허리를 숙였다.

새하얀 게이트가 열리고 그 안으로 루드비히와 네 명의 빛의 감시자가 들어갔다.

곧 그들이 처음 도착했던 황폐한 초원이 보였다.

초원 너머를 바라보며, 루드비히가 입을 열었다.

"정말 좋은 분들이시군요."

"예. 가이아의 사도들이 협조적이라서 다행입니다."

"하하하. 실력도 꽤 출중해 보이던데요?"

루드비히는 밝게 웃었다.

"악마와의 싸움에 충분히 이용할 수 있을 것 같습니다."

"아… 그, 그렇군요."

당황하는 목소리의 사제들.

루드비히는 힘차게 고개를 끄덕였다.

"예! 처음에는 사실 악마를 꾀어내는 미끼로라도 사용 못 할까 봐 조마조마했는데, 제 기대 이상이었습니다."

"으음."

"루, 루드비히 님."

"예?"

사제 하나가 조심스럽게 말을 이었다.

"그래도 그… 가이아의 권속들을 그런 식으로 이용하면 문제가 되지 않겠습니까? 그래도 가이아라 하면 최상위 신……."

"아차, 이용이라는 말이 잘못됐던 것 같군요."

루드비히는 활짝 웃었다.

그는 김시훈에게 건네받은 펜던트를 상냥하게 쓰다듬었다.

"희생. 그렇죠, 희생입니다. 이 세계에 존재하는 모든 마(魔)를 멸하기 위해서도 반드시 희생은 필요하죠."

"……"

"가디언즈분들 또한 악마와의 싸움 중에 목숨을 잃는 것을 자랑스럽게 생각할 겁니다. 암요, 그렇고말고요."

"그, 그렇군요."

"잊지 마세요, 여러분."

루드비히는 자신을 바라보는 사제들을 향해 단호히 말했다.

"마(魔)를 멸하기 위해서는 수단과 방법을 가리면 안 됩니다. 수많은 희생을 치러서라도……. 예, 말 그대로 이 지구가 멸망하더라도 예언의 악마, 사탄만큼은 반드시 배제해야 합니다. 모두 알고 계시죠?"

"무, 물론입니다!"

예언의 악마, 사탄. 신이 예언한 그 악마는 단순히 지구만의 위협이 아니었다.

라파엘은 지구를 멸망시킨 예언의 악마가 다음 타깃으로 에르노어 대륙에 있는 천사를 노릴 가능성이 크다고 말했다.

'그렇게 둘 수는 없지.'

그분의 근심을 덜어주기 위해서라도, 예언의 악마는 무슨 수를 써서라도 죽여야 했다. 설사 가이아의 권속들을 모두 사지로 몰아넣는 한이 있다고 하더라도.

"하하하! 다행이군요. 걱정하지 마세요. 마를 멸하기 위해 희생하는 것은 고결한 행위. 죽어서도 그 영혼은 천국으로 건너가 진정한 구원을 받게 됩니다."

루드비히의 입가가 올라갔다. 바다를 연상케 하는 그의 아름다운 푸른색 눈에서 순백의 광기가 번들거렸다.

사제들은 가늘게 몸을 떨며 루드비히를 바라보았다.

그의 이명(異名)이 자연스럽게 머릿속에 떠올랐다.

순백의 처형자, 루드비히.

빛의 감시자들 사이에서 불리는 그의 이름이었다.

'씨이이바아아아알!!'

육성으로 나오지 못한 욕설이 입안에서 맴돌았다. 머릿속이 복잡하다 못해 타들어 갈 것 같았다.

어두운 방 안. 침대에 걸터앉은 강우는 머리를 쥐어뜯고 있었다.

'제기랄.'

초조한 표정으로 입술을 깨물었다.

'마해를 찾을 수 있는 방법을 가지고 있을 줄이야.'

저 성검 루드비히라는 것이 마기의 지배자 효과를 뚫어내고 마해를 찾을 수 있는지 없는지는 확실치 않았다. 단순히 마기를 탐지하는 효과가 뛰어날 뿐 마기의 지배자로 완전히 마기의 기척을 감추면 마해를 찾아내지 못할 가능성도 충분히 있었다.

'하지만.'

강우는 날카롭게 눈을 빛냈다.

결국 들킬 수 있는 위험 부담이 있는 이상 가만히 있을 수는 없었다.

'손을 써야 해.'

성검 루드비히가 사용되기까지 일주일.

그 사이에 조치를 취해야 한다.

"……."

굳게 입을 다문 강우의 머릿속이 빠르게 회전했다.

'사탄으로 변해서 습격해?'

괜찮은 방법이다. 하지만, 그 방법은 가디언즈의 창고 습격때도, 레이날드 때도 써먹었다.

'계속 반복해서 사용하면 안 돼.'

도마뱀도 꼬리가 길면 잡힌다. 원 패턴으로 똑같은 방식만 고집하다 보면 '이질감'을 느낄 수밖에 없다. 즉, 사탄이 등장하는 타이밍이 너무 적절해서 되려 의심을 살 가능성이 크다는 의미.

'좋지 않아.'

계속 한 가지 방법을 고수하는 것은 더 많은 의심을 사방에 뿌리는 일이다. 안 그래도 예언의 악마가 사탄이 아닐 수도 있다는 가능성까지 제시된 마당에 같은 방법을 고수할 수는 없다.

"그렇다면……."

생각을 이어갔다.

그때, 루드비히에게 들었던 말 하나가 머릿속에 스쳐 지나
갔다.

'이 검은 악(惡)에 물들지 않은, 순수한 영혼만이 사용할 수 있는
검입니다.'

강우의 눈이 반짝였다.

'그래, 그 방법이 있었어!!'

그의 입가가 비틀어 올라갔다.

순수한 영혼만이 그 검을 사용할 수 있다면.

'타락시키면 되잖아?'

새하얀 건 원래 더럽혀야 제맛인 법이다.

"그렇지, 그런 방법이 있었지."

연신 고개를 끄덕였다.

물론 갑작스럽게 나타난 라파엘의 사도, 루드비히는 이미
타락한 존재였다. 자신이 굳이 손을 쓰기도 전부터.

"그러엄. 분명 타락했을 거야."

왠지 웃는 모습부터 마음에 들지 않았다.

가면을 쓴 악인이 위선을 떠는 듯한 웃음소리. 갑작스럽게
등장한 것치고 지나치게 잘 녹아 들어가는 서글서글함도 마음
에 들지 않는 것은 마찬가지.

'감히 우리 시훈이에게 찝쩍거리다니.'

착하디착한 김시훈을 등쳐먹으려는 생각을 품고 있는 것이 분명하리라.

"그렇게 둘까 보냐."

주먹을 움켜쥔 그의 입술이 파르르 떨렸다.

자신이 하려는 것은 루드비히를 타락시키는 것이 아니다. 어디까지나 그의 얼굴을 덮고 있는 추악한 가면을 벗겨 버리는 것. 역겨운 위선(僞善)의 본 모습을 만천하에 드러내게 하는 것이 그 목적이다.

"그렇지. 그렇고말고."

고개를 들었다. 창문 너머로 하늘이 보였다.

'내가 나쁜 게 아니야.'

하늘을 우러러 한 점 부끄러운 것이 없었다. 루드비히의 본 모습은 필시 타락한 성자(聖者)처럼 추악하게 일그러져 있을 테니까.

"그럼 움직여 볼까."

마음이 가벼워진 강우는 방긋 웃으며 자리에서 일어섰다.

손을 귓가에 가져다 대고, 연락했다.

[네, 마왕님.]

리리스의 목소리가 들렸다.

"부탁할 게 있어."

[후훗, 부탁하실 필요 없습니다. 왕께서는 그저 명령하시면 충분해요.]

피식 웃은 강우가 입을 열었다.

"일단 지금 바로 이곳으로 와줄 수 있어?"

[물론이죠.]

연락이 끊기고, 30초도 지나지 않아 방문이 벌컥 열리며 리리스가 나타났다.

'뭐 이렇게 빨리 오는 거야.'

이 정도면 옆집에 사는 게 아닌가 생각이 들 정도.

'그러고 보니 옆집 아저씨가 안 보이던데.'

가늘게 눈을 뜨며 리리스를 살폈다.

리리스는 한쪽 무릎을 굽히며 고개를 깊게 숙였다.

"왕의 명을 받았습니다. 후훗. 하실 말씀이 무엇인가요? 밤 시중이라면 바로……."

"아니. 그런 거 아냐."

다급히 답한 강우는 살짝 거칠어진 숨을 고르며 머릿속의 생각을 정리했다.

성자를 타락시키는 방법. 루드비히의 가면을 벗겨내기 위한 방법이 떠올랐다.

"던전을 만들 거야."

"던… 전이요?"

"시간은 일주일. 최대한 끔찍하고, 거대한 규모로 만들어야 해."

"하지만……."

일주일. 너무 기간이 짧다.

지금은 구천지옥에서처럼 대규모 군대를 가지고 있는 아니다. 발자하크의 언데드 부대를 동원하면 단순 노동 정도는 가능하나 아무리 그래도 대규모 던전을 일주일 만에 만드는 것은 불가능에 가까운 일.

"내가 직접 참여할 거야."

"아, 호호호. 그렇다면 얘기가 전혀 달라지겠네요."

리리스는 밝게 웃었다.

마왕. 그것도 구천지옥에서 있었을 때의 모든 힘을 되찾은 그가 직접 던전 제작에 참여한다면 얘기가 전혀 달랐다.

"그럼 바로 설계도 제작에 들어갈게요. 테마는 어떻게 하시겠어요?"

"음."

고민에 잠긴 그의 머릿속에서 여러 생각이 뒤섞였다.

'이거 생각보다 재밌네.'

루드비히의 가증스러운 가면을 바꾸기 위한 무대를 꾸미기 위해 생각한 던전 제작이지만 막상 이렇게 본격적으로 구상하기 시작하니 꽤나 재미있었다. 레고로 성을 만드는 어린 아이가 된 기분.

'이래서 마왕들이 다 성에 처박혀 있는 건가.'

엉덩이가 무거운 이유를 알 수 있었다.

강우는 짧게 웃으며 생각을 이어갔다.

마왕의 던전에 어울리는 컨셉.

'가장 공포스럽고, 가장 두려운 것.'

절망과 좌절에 빠져 인격이 붕괴되어 버릴 만한 장소. 끔찍하고 처참한 악몽을 구현한 던전. 존경받는 성자조차, 타락하지 않고서는 배기지 못할 그런 곳.

"후후훗. 천천히 생각해 주세요."

리리스가 요염한 웃음을 흘리며 강우의 옆에 앉았다. 그리고 손을 뻗어 그의 팔을 천천히 쓰다듬었다.

강우의 눈이 반짝였다.

'그래.'

천천히 생각할 것도 없다.

가장 공포스럽고, 두려우며, 끔찍한 것. 악몽을 구체화시킨 던전.

"던전의 컨셉은."

정답은 이미 정해져 있었다.

"촉수다."

확신에 찬 목소리를 들은 리리스의 두 눈이 커졌다.

"어머, 마왕님도 차암!"

그러고는 부끄럽다는 듯, 양손을 뺨에 댄 채 고개를 도리도리 저었다.

"오늘도 즐거웠습니다. 지구의 음식들은 놀랍군요. 저희도 냉기마법을 이용해 아이스크림을 만들 순 있지만, 지구처럼 맛이 다양하지는 않거든. 그… 민트초코였던 가요? 아주 맛있더라고요."

루드비히가 밝게 웃으며 말했다.

김시훈은 어색한 미소를 지었다.

"그건 사실 지구인들 사이에서도 호불호가 갈리는 맛인데……."

"예? 진짜요? 엄청 맛있었는데……."

루드비히는 이해가 가지 않는다는 듯 고개를 갸웃거렸다.

김시훈은 순진무구함이 느껴지는 그의 모습에 쓴웃음을 지었다.

"그 루드비히 씨의 세계……."

"루드비히라고 불러주세요."

"예?"

"하하하. 시훈 씨가 지구의 문명을 소개해주신지도 일주일이 지나지 않았습니까? 성검을 사용해 예언의 악마의 위치를 찾으면 천계에서 조력자들도 올 테고… 지금처럼 가디언즈분들과 함께 있을 시간이 줄어들 겁니다."

루드비히는 손을 내밀었다.

"그러니, 그전에 지구인들 중에 친구를 만들어두고 싶어서요."

"아……"

김시훈의 입에서 짧은 탄성이 흘러나왔다.

아주 잠시 망설이던 그는 이내 활짝 웃으며 루드비히의 손을 마주 잡았다.

"그래. 이것도 인연인데. 잘 지내보자, 루드비히."

"잘 부탁해."

두 사람은 굳게 손을 잡았다.

곧 묘하게 어색한 분위기가 내려앉았다.

김시훈은 볼을 긁적이며 루드비히의 시선을 피했다.

'친구라.'

어색한 단어다.

태어나서 친구를 사귀어본 적이 없었다. 그의 형, 김영훈이 친구가 생기지 못하도록 손을 썼기 때문이다. 그의 삶은 언제나 고독과 함께였다.

'형님이 안 좋게 생각하시려나.'

일분일초라도 수련에 매진해야 할 상황에 무슨 갓 입학한 중학생도 아니고 친구랑 함께 다니는 모습을 좋지 않게 볼 수도 있었다.

"……."

잠시 고민을 이어갔지만 이내 고개를 저었다.

그가 아는 강우라면, 이런 일로 화를 낼 리가 없었다.

"슬슬 돌아갈 준비 하자. 분명 오늘이었지?"

주어가 없는 질문이었지만 무엇을 묻는지는 명확했다.

루드비히는 고개를 끄덕였다.

"응. 오늘이야. 조금만 있으면 성검이 이 세계에 완전히 적응을 끝마칠 거야."

"그렇다면 가디언즈를 모아……."

"아니. 그건 안 돼."

단호히 고개를 젓는다.

"성검을 사용하는 건 지극히 섬세한 일이야. 되도록 주변에 방해꾼을 두고 싶지 않아."

"음……."

"그리고 만약, 생각하기 싫은 경우긴 하지만 가디언즈 내부에 마(魔)의 기운을 가진 자가 있을 수도 있으니까. 혹시 모를 경우를 대비해 성검은 빛의 감시자들만 모여서 사용할 생각이야."

"……."

김시훈의 입이 굳게 닫혔다.

순간적으로 강우가 떠올랐다. 인간이었지만 어쩔 수 없는 사정 때문에 악마의 육체를 가지게 된 의형.

'괜찮을 거야.'

강우는 악마의 힘을 버렸다. 지금 그의 몸을 채우고 있는 것은 영웅신 티리온이 지닌 성스러운 힘이다.

'괜찮을… 거야.'

혹시 모를 불안감.

김시훈은 루드비히를 바라보며 입을 열었다.

"혹시 말이야. 만약에… 가디언즈 내부에 악마가 있다면 어떻게 할 거야?"

"죽여야지."

"그… 일반적인 악마가 아니라 어쩔 수 없이 악마가 된……."

"시훈아."

루드비히가 밝게 웃었다.

"악마가 된 사정은 중요하지 않아. 악마는 그 어떤 경우라도, 무슨 사정이 있건, 사연이 있건 상관없어. 악마는 죽여야 해. 한 놈도 남기지 않고 갈기갈기 찢어버려야 해. 모조리 불태워 죽여 버려야 해."

"……만약 억지로 악마가 됐다 해도? 너도 알잖아. 마기를 받아들이면 의지와는 상관없이 악마가 된다는 걸."

"분명 그럴 수 있지."

루드비히는 고개를 끄덕였다. 해맑게 웃으며, 망설임 없이 말을 이었다.

"하지만 우리가 상관할 일은 아냐. 억지로 악마가 되었건 어쨌건, 악마는 죽여야 해."

모조리.

"……"

칼로 내려치듯 단호한 목소리. 김시훈은 당황스러운 표정으로 그를 바라보았다.

'이상해.'

뭔가 이상했다. 어딘가 뒤틀려 있었다.

"그……"

"아, 저기 강우 씨 아니야?"

루드비히가 한쪽을 가리켰다.

방금 전 아이스크림을 사고 나온 매장, 바스킨라벤스로 들어가는 강우의 모습이 보였다.

그의 옆에는 한설아가 함께하고 있었다. 조심스럽게 손을 맞잡은 두 사람의 모습.

"아, 맞네."

"옆에 계신 분은 누구야?"

"한설아 씨라고 형님이랑은 연인 사이야."

김시훈은 두 사람은 뒷모습을 바라보며 가늘게 눈을 떴다. 뭔지 모를 질투심이 솟았다.

"어……?"

그때, 루드비히의 두 눈이 부릅떠졌다.

"서, 설마? 아니, 그럴 리가. 왜, 왜 지구인이……?"

"……무슨 일이야?"

"하, 하하하!! 이럴 수가. 이런 일이 생기다니!!"

루드비히는 전율에 찬 목소리로 소리쳤다. 그리고 다급히 몸을 돌렸다.

"나는 돌아가 볼게."

"어?"

김시훈이 뭐라 말하기도 전에, 루드비히는 다급히 수호의 전당으로 향하는 게이트를 열었다.

수호의 전당에 도착한 루드비히는 그곳에 대기 중인 부하들을 다급히 깨웠다.

"지금 바로 라파엘 님에게 연락해야 해."

루드비히는 짙게 웃으며 아프리카로 향하는 게이트 앞에 서서 망설임 없이 발을 디뎠다. 그리고.

"……어?"

한 번 더, 그의 입에서 당황스러운 목소리가 흘러나왔다.

수호의 전당에서 아프리카로 이어지는 게이트. 루시퍼의 흔적이 남아 있는 전장 위에 임시 주거지를 만든 이후, 지난 일주일 동안 계속해서 사용해 오던 게이트였다.

그런데.

"여긴, 어디야?"

"루, 루드비히 님……! 이, 이곳은 어디입니까?"

사제들의 다급한 목소리가 들렸다.

루드비히는 고개를 들어 올렸다.

거대한 동굴. 끝이 보이지 않는 어둠이 펼쳐져 있다. 심연을 마주하듯 칠흑의 어둠이 그를 덮었다.

"이익!"

루드비히의 부하 중 하나가 손을 들었다. 새하얀 빛이 그의 손에서 뿜어져 나오며 동굴을 비췄다.

찔꺼억.

"어?"

표정이 굳었다.

빛이 밝혀준 동굴의 벽. 그 벽에 돋아 있는 수백, 수천에 달하는 촉수들.

찌걱! 찌걱! 찌걱!

수천 개의 촉수가 움직이며 투명한 진액을 뿌리며, 노란 고름을 쏟아냈다. 끔찍한 악취가 후각을 마비시킨다.

"아, 아아."

절로 입이 벌어진다.

털썩.

사제 하나가 주저앉았다. 그리고.

"어, 어어?"

그가 밟고 있는 바닥. 그 바닥조차 무수한 촉수로 이루어져 있다는 것을 깨닫는다.

"도, 도망… 커헉!! 큽!!"

콰드드득!

촉수가 뻗어 나왔다. 입안을 뚫고 들어온 촉수가 목구멍을 타고, 위장에 침입해 몸을 비틀었다.

퍼억!

"으으으읍! 으으읍!!"

뱃가죽이 터져 나가며 촉수가 빠져나왔다.

"아아아악!!"

"피, 피해!"

끔찍한 비명이 울려 퍼졌다.

루드비히는 딱딱하게 굳은 표정으로, 칠흑의 심연 너머를 응시했다.

"뭐야……. 이곳은."

[띠링.]

[SS+급 던전 '리리스♡마왕님의 러브하우누가이름이렇게설정하래아니시바벌써만들어졌잖아'에 입장하였습니다.]

푸른 창이 떠올랐다.

"뭐, 뭐야 이게."

눈앞에 떠오른 정체 모를 메시지. 하지만, 그 메시지를 읽기도 전에 동굴 전체를 뒤덮고 있는 어둠이 꿈틀거리더니 측면에서 솟구친 촉수가 그의 머리를 노렸다.

다급히 머리를 숙이자 촉수가 머리칼을 스치며 지나갔다.

퍼억!

"커헉!"

그의 옆에 서 있던 빛의 감시자 하나가 대신 촉수에 걸려들었다.

찔꺼억.

촉수를 타고 흐르는 점액질.

곧 촉수의 첨단이 갈라지며 날카로운 돌기가 나타났다.

"히, 히익! 사, 살려줘!! 살려줘어어어!!!"

사제는 처절한 비명을 내지르며 몸을 비틀고 눈물을 흘렸다. 끔찍한 공포. 죽음을 넘어서는 농밀한 공포가 그의 몸을 집어삼켰다.

그는 몸을 비틀고 생을 갈망하듯, 애처롭게 손을 뻗었다.

하지만.

철퍽!

"아, 아악!!! 루, 루드비히 님!!! 루드비히 님!!! 사, 살려주십쇼!! 루드비히 니이이이임!!!"

"……."

사제의 얼굴에 첨단이 갈라진 촉수가 달라붙었다. 수십 개의 돌기가 살을 음미하듯 꿈틀거린다.

칼날처럼 날카로운 돌기에 살이 베인다. 수십, 수백 개의 돌기가 피부를 드러내며, 벌어진 상처 사이로 흐르는 피를 빨아먹는다.

그리고.

꾸르륵. 꾸륵.

노란 고름이 돌기를 타고 흘러나왔다.

벌어진 피부 사이로 들어간 고름. 끔찍한 악취와 함께 정신이 아득해지는 고통이 그를 잠식한다.

"아아아아악! 아아아악!!"

"제라스 사제님!!"

루드비히가 다급히 손을 뻗었다. 그러자 새하얀 빛무리가 맺혔다.

성검 루드비히. 찬란한 성력으로 넘치는 검. 그의 이름, 삶, 목적과도 같은 그 검을 쥐고 휘둘렀다.

콰드드드득!

촉수에 검이 닿았다. 성인 남성의 허벅지 굵기만큼 긴 살점 덩어리가 성검에 베였다.

에르노어 대륙이 멸망의 위기에 빠질 때 말고는 나타나지 않는다는 신비의 종족, 하이엘프의 축복을 받은 검. 마(魔)를 멸하는 축복의 힘이 퍼졌다.

새하얀 빛이 독처럼 퍼지고 살덩어리가 폭발하며 사제의 머리를 감싸고 있던 촉수가 떨어져 나갔다.

"아."

짧은 탄성, 신음에 가까운 소리.

철퍽.

눈앞에 보이는 것은 벌어진 두개골, 줄줄이 흘러나오는 노란 고름. 썩은 피부와 대롱거리는 눈알.

사제는 이미 죽어 있었다.

루드비히의 표정이 일그러졌다.

그는 품속에서 통신용 수정구슬을 꺼냈다. 가이아에게 무슨 일이 있으면 사용하라고 받은 통신용 구슬.

'제길.'

치직. 치지직.

안개가 끼듯 수정구슬에 노이즈가 발생했다.

노이즈에 섞여, 누군가의 목소리가 흘러들어 왔다. 남자의 목소리다.

[누… 구. 무슨, 일?]

"루드비히입니다. 게이트에 누가 손을 쓴 것 같습니다. 악마의 함정이라고 추측됩니다."

[상황… 어떻……?]

"저는 괜찮지만, 이미 부하가 당했습니다. 이대로는 위험합니다. 가디언즈 모두에게 지원을 요청합니다. 저희는 도망치면서 시간을 벌 생각입니다."

[밖… 나올 수… 니까?]

"이대로는 밖으로 나갈 수 없습니다. 공간 자체가 악마에게 지배당하는 것 같습니다."

[지금… 어디.]

"모르겠습니다. 아마 던전 내부로 진입한 것으로 보입니다.

[바… 로, 구… 치지이이익!!!]

노이즈가 짙어졌다. 귀가 얼얼할 정도의 소음.

루드비히는 표정을 일그러뜨리며 수정구슬을 바닥에 던졌다. 그리고 어두컴컴한 심연 너머를 응시했다.

그가 몸을 돌리며 외쳤다.

"전진합니다!!!"

이대로 있으면 죽도 밥도 되지 않았다. 촉수가 없는 곳으로 피해야 한다.

"예? 저, 전진한다고요?"

"여기서는 돌아가는 것이……."

쏟아지는 촉수의 공격을 막고 있던 두 사제가 다급히 외쳤다.

루드비히는 입술을 깨물며 외쳤다.

"도망칠 곳은 이미 없습니다."

"아, 아아."

그의 말에 사제들이 고개를 돌렸다. 그들이 들어온 게이트의 입구가 어둠에 좀 먹히듯 사라진 상태였다.

사제들의 표정이 절망에 삼켜졌다.

루드비히가 성검을 꺼내 든 채 한 걸음 나섰다. 몸 안의 성력(聖力)을 끌어 올렸다.

새하얀 빛이 전신에서 뿜어졌다. 천사의 힘.

악마가 마기를 지니고 있다면, 천사는 성력으로 기적을 행사한다. 그 힘을 성검에 집중했다.

검을 위에서 아래로 내려긋자.

푸화아아아아악!!

성검 루드비히에서 뻗어 나간 찬란한 빛이 일직선으로 촉수를 가른다. 모세가 파도를 가르듯, 촉수로 가득한 어두운 공동 안에 길이 만들어졌다.

"지금!"

"으아아아아아!!!"

빛의 감시자들이 달려 나갔다. 그들은 거추장스러운 로브를 벗어 던지며, 양손에 성력을 집중했다.

타오르는 화염처럼 맺힌 새하얀 빛. 그 빛을 방사형으로 뿜어낸다.

치이이이이익!!

갈라진 틈을 메우듯 다가오는 촉수들이 빛의 화염에 불탔다. 메케한 연기와 함께 악몽과도 같은 악취가 뿜어져 나왔다.

"크윽!"

"멈추지 마세요!!"

끔찍한 악취에 멈춰선 사제의 목덜미를 잡아끌었다. 곧 촉수가 그가 있던 자리를 스치고 지나갔다.

몸을 낮게 숙여 성력을 등에 집중했다.

펄럭!

등가죽을 뚫고 새하얀 날개가 펼쳐졌다.

전력으로 날개를 펄럭여 촉수로 가득 찬 공동을 빠른 속도로 빠져나가 칠흑으로 날아갔다.

-크하하하하하!!

웃음소리가 들렸다.

목소리에 담겨 있는 역겨운 마기의 기운에 루드비히의 표정이 거칠게 일그러졌다.

"역시 악마의 짓이었군."

어떻게 자신의 존재에 대해서 알게 됐는지, 무슨 방법으로 수호의 전당 내에 위치한 게이트를 조작해 이곳으로 불러들였는지 의문이 스쳤다.

하지만 그것도 잠시.

'일단 악마를 죽인다.'

신념에 흔들림은 없다. 악마가 함정으로 그를 끌어들였다면, 모조리 죽여 버리고 빠져나가면 될 뿐.

-반갑다, 인간.

"……."

대답하지 않았다. 상대는 악마. 대화를 섞을 가치가 없는 역겨운 이단자였다.

루드비히는 성검을 들어 자세를 취했다.

-크흐흐흐, 적어도 이름이라도 서로 알아야 하지 않겠나?

전신이 녹색 촉수로 뒤덮인 악마가 웃었다. 끔찍한 마기가 그를 짓눌렀다.

"악마에게 밝힐 이름은 없다."

단호히 답한다.

-크하하하하! 좋은 패기로군!

5미터에 달하는 거대한 덩치를 가진 악마가 호탕하게 웃었다. 그가 웃을 때마다 어둠에 물든 공간이 출렁였다.

악마는 촉수에 뒤덮이지 않은 두 주먹을 들었다.

-그래도 너를 죽일 존재의 이름이다. 알아두는 게 좋을 거야.

악마가 입가를 비틀어 올렸다.

-나는 요그사론이라고 한다.

"……."

들어본 적 없는 악마의 이름에 루드비히는 눈살을 찌푸렸다.

하지만 중요한 건 상대가 누구인지가 아니다. 중요한 것은 눈앞의 적이 악마라는 사실뿐.

'모든 악마는,'

죽인다.

우우우우웅!

성검이 빛을 뿜었다.

루드비히가 검을 쥔 채 달렸다. 그러나 악마는 덩치에 맞지 않는 날렵한 동작으로 공격을 피했다.

왼발을 중심으로 몸을 반바퀴 돌렸다. 몸을 낮추고, 탄력을 이용해 쏘아졌다.

-흐흐흐흐.

"히, 히익!"

미끄러지듯 공격을 피한 그는 손을 뻗어 사제의 목덜미를 낚아챘다. 그러고는 사제의 몸을 방패 삼듯, 앞으로 내밀었다.

"루, 루드비히 님……!"

푸욱!!

"커헉!!"

망설임은 없다. 사제의 몸을 그대로 갈라 버리고 검을 내지른다. 그가 자신의 부하건, 빛을 섬기는 동료건 중요치 않다.

'악마를 죽이기 위해서라면.'

그런 하찮은 것에 신경을 쓸 때가 아니다.

사제의 몸을 가른 검이 요그사론의 어깨를 찔렀다. 녹색 촉수가 찢어져 단단한 근육으로 덮인 붉은 피부가 드러나며, 마치 단단한 갑주와 부딪친 듯 강렬한 반탄력으로 손바닥이 찢어졌다.

-크하하!! 가차 없군! 네놈의 부하라도 망설이지 않는 건가?

"닥쳐라, 악마."

루드비히가 낮게 답했다.

오랜 기간 자신을 따르던 부하를 자기 손으로 죽였음에도 그의 얼굴에는 조금의 후회도 없다. 슬픔도, 죄책감도 없다.

느낄 리가 없다. 빛을 섬기는 존재가 악마를 배제하는 것은 당연한 일. 악마를 죽이기 위해서라면 다른 모든 것을 희생해도 상관없다.

철컥.

검을 들어 올리자 새하얀 빛무리가 어둠을 밝힌다.

찬란한 성력으로 빛나는 몸. 펄럭이는 새하얀 날개. 인간이라기보다 천사에 가까운 상태가 되었다.

-재밌군.

요그사론은 웃었다.

-마왕님이 아주 좋아하시겠어.

"······마왕?"

불길한 그 이름에, 루드비히는 표정을 일그러뜨렸다.

"사탄을 말하는 건가."

-응? 크, 크하하하하하하!!!

요그사론이 배를 움켜잡고 웃었다.

-사탄?? 사타안? 이 요그사론이 그런 나약한 악마를 섬길
것 같은가?

"······."

루드비히의 눈동자가 떨렸다.

머릿속이 복잡해졌다. 마왕이 사탄이 아니라면.

'누가.'

마왕이라는 오만한 칭호를 거론한단 말인가.

-오라, 빛의 종자여. 진정한 마(魔)의 힘을 깨닫게 해주마.

루드비히의 생각이 이어지기도 전에, 요그사론의 몸이 빛을
가르며 쇄도했다.

'좋군.'

던전의 밖. 리리스가 설치한 마법 장치를 통해 내부의 모습을 보고 있던 강우의 입가가 올라갔다.

발록과 루드비히의 본격적인 싸움이 시작된 지 30여 분. 전황은 서서히 루드비히에게 불리하게 돌아가고 있었다.

'강하긴 강하네.'

마령을 이루면서 과거의 모든 힘을 되찾은 지금 그와 영혼과 힘이 이어진 발록은 정말 대공과도 대등하게 싸울 수 있는 강자였다.

그런 그를 상대로 30분. 그것도 중간중간 발록에게 깊은 상처까지 남기고 있었다. 아무리 대천사의 사도라고 하나 이 정도 힘을 지니고 있다는 것은 놀라운 일.

'저 검의 영향도 있겠군.'

성검 루드비히. 찬란한 빛을 뿜어내는 검을 느긋이 바라보았다. 분명 루드비히는 기대했던 것 이상의 힘을 보여주었다.

'하지만.'

결국 거기까지.

땡그랑!

"커헉! 허억! 허억!"

루드비히의 무릎이 꿇렸다. 그는 가슴을 움켜쥔 채 거친 숨을 토해냈다.

그 모습을 바라보며, 강우는 웃었다.

'슬슬 시작해 볼까.'

손에 쥐고 있던 통신용 수정구슬을 품 안에 넣고 그를 대신해, 검은 구체를 하나 꺼내 들었다.

그의 움직임에 맞춰 바닥에서 은밀하게 뻗어 나간 촉수 하나가 루드비히의 뒤통수에 달라붙었다.

'연결'됐다는 것을 확인한 강우는 만족스럽게 고개를 끄덕였다. 이제 그의 목소리는 루드비히의 머릿속에 직접 울려 퍼질 것이다.

'이 효과가 중요하지.'

귀로 듣는 것이랑은 그 느낌이 다르다.

귀가 아닌 머리. 몸 전체에 울려 퍼지는 느낌이 중요하다.

'자, 그럼.'

이제 준비해 온 대사를 말해야 할 차례.

강우의 표정에 흥분이 감돌았다.

'캬, 시바 언젠가는 꼭 해보고 싶은 대사였는데.'

마왕의 자리까지 올라서면서 이 대사를 한 번도 쳐보지 못했다는 것이 억울하게 느껴질 정도.

"크흠, 큼."

목을 풀었다.

'감정 잡고.'

천천히 눈을 뜨며 마기를 끌어 올렸다.

타락에 가장 어울리는 대사. 타락하면 떠오르는 바로 그 한마디.

[힘을 원하는가?]

검은 구체를 통해 그의 목소리가 흘러 들어갔다.

기괴하고, 음산한 목소리가 루드비히의 머릿속에 직접 울려 퍼졌다. 심연에 닿아 있는 듯 어둡고 축축한 목소리.

"……뭐?"

루드비히는 갑자기 머릿속에 들리는 목소리에 고개를 두리번거렸다.

그 모습을 바라보며 강우는 두 주먹을 불끈 쥐었다.

'키햐아아아아!!! 시바 그래! 이 대사지!! 타락하면 이 대사가 빠질 수 없지!'

전율이 일었다.

'오우, 야.'

힘을 원하는가. 자신이 내뱉은 대사가 귓가에 맴돌았다.

'개멋있어 진짜.'

임자가 이 모습을 봤어야 했는데.

카앙!

새하얀 불꽃이 튄다. 검과 주먹이 격돌하며 무시무시한 압력이 손바닥을 찢었다.

그것도 잠시, 찬란한 성력이 손바닥의 상처를 치유한다.

"크윽."

루드비히는 낮게 신음을 흘리며 발을 뒤로 빼냈다.

몸을 낮춰 검을 들어 올리고 다시 한번, 격돌한다.

촤악!

악마의 팔뚝이 길게 베였다. 검은 피가 쏟아진다.

하지만.

퍼억!

"커헉!"

상처를 무시한 채, 카운터로 들어오는 주먹. 공성추에 얻어맞기라도 한 듯, 무시무시한 충격이 그를 뒤흔들었다.

시야가 뒤틀렸다. 몸이 공중에 뜨는 감각과 중력으로 바닥에 처박히는 느낌이 몸을 뒤흔들었다. 세상이 돌아간다고 느껴졌다.

쿨럭.

붉은 피를 쏟아냈다.

"하아, 하아."

숨이 거칠어졌다.

루드비히는 고개를 들어 자신을 요그사론이라고 밝힌 악마를 올려다봤다.

그와 전투를 시작한 지도 30분. 슬슬 체력이 바닥을 보이기 시작했다.

검 자루를 쥔 손에 힘이 풀리고, 두 다리가 후들거린다. 몸을 감싸고 있던 찬란한 광휘도 점차 그 빛을 줄여가고 있다.

자신이 패배했음을, 직감했다.

"크윽."

거칠게 표정을 일그러뜨렸다.

용납할 수 없다. 눈앞의 악마는 아직 멀쩡히 움직이고 있었다.

'악마는.'

죽여야 한다.

무슨 일이 있어도. 모든 것을 희생해서라도.

그렇게 태어났다. 그렇게 배워왔다. 과거의 잔향이, 겹치고 겹친 절망의 기억이 머리를 스쳤다.

악마. 그 증오스러운 존재에 대해서 떠올릴 때마다 속이 뒤틀린다.

"죽이, 겠다."

씹어뱉듯 읊조린 후 요그사론을 응시하는 눈이 광기에 번들거린다. 스스로에게 거는 최면.

후들거리는 다리에 힘을 주고 일어서서, 성검을 두 손으로 쥔 채 자세를 취했다.

-대단하군.

요그사론의 입에서 감탄사가 흘러나왔다. 불굴의 의지. 광기에 가까운 집착이 느껴졌다.

그는 입가를 비틀며 두 주먹을 움켜쥐었다. 전투의 열기에 몸이 뜨거워졌다.

콰아아아앙!!

격돌.

1초를 수십으로 쪼갠 찰나의 시간, 육안으로 따라갈 수 없는 공방이 이어졌다.

위에서 아래로, 어깨를 쪼개듯 성검이 휘둘러진다. 손등으로 받아내자 검은 피가 뿌려졌다.

마갑(魔鉀)의 반탄력에 성검이 튕겨 나갔다.

루드비히는 반탄력을 이용해 공중에서 몸을 비튼 후, 날개를 펄럭여 불안정한 자세를 고치고 다시 한번 머리를 쪼갤 듯 성검을 내려찍었다.

-하지만.

요그사론이 발을 굴렀다. 그러자 지반이 무너져 내리며 그의 몸이 낮게 숙여졌다. 허벅지의 근육이 부풀어 오르며 촉수가 떨어져 나갔다.

그가 솟구치듯, 주먹을 내질렀다. 내려 찍히는 성검과 요그사론의 주먹이 격돌했다.

콰과과과과과광!!!

어둠이 내려앉은 동공에 거대한 폭발이 일었다. 눈 부신 빛이 폭발하듯 주변을 휩쓸었다.

루드비히의 몸이 뒤로 튕겨져 나가 형편없이 바닥을 굴렀다.

-그것뿐이지.

요그사론은 깊게 가라앉은 눈빛으로 루드비히를 내려다보았다.

"쿨럭! 쿨럭!"

루드비히는 바닥을 짚은 채, 피를 토했다. 팔에 힘을 주었으나, 힘이 들어가지 않았다.

결국 쓰러진 그는, 딱딱한 바닥에 얼굴부터 처박혔다.

"아, 으."

발버둥 쳤다. 현실을 부정하듯 몸을 비틀었다. 하지만 바닥의 쓰러진 그의 몸은 다시 일어설 생각을 하지 못했다.

루드비히는 덜덜 떨리는 몸으로 고개를 들었다. 자신을 거만하게 내려다보는 악마의 모습이 보였다.

그는 본능적으로 죽음을 직감했다.

'이대로.'

끝난다.

머나먼 이세계에서, 아무것도 하지 못하고, 아무것도 이루지 못한 채, 죽는다.

'안 돼.'

루드비히의 눈이 절박함에 물들었다.

죽음은 두렵지 않다. 악마와의 싸우다 죽는 것은 오히려 영광스러운 일. 빛의 감시자들이 갈망하는 천국으로 향할 수 있는 가장 확실한 길이었다.

하지만.

'적어도.'

지금 죽어서는 안 됐다. 죽어서는 안 되는 이유가 생겼다.

'라파엘 님에게, 전해야 해.'

이곳으로 오기 전, 우연히 발견한 '씨앗'을 떠올렸다. 비루한 인간의 몸에 갇힌 채, 마치 '인간'처럼 살고 있는 여인. 그녀에 대해서 떠올리자 몸이 떨렸다.

주먹을 움켜쥐었다. 그리고 이를 악문 채, 몸을 일으켰다.

애처롭게 떨리는 몸. 힘은 여전히 들어가지 않았다.

"아, 아아아."

절망이 흘러나왔다. 요그사론이 그를 향해 걸어왔다.

몸을 감싸고 있는 빛이 꺼진다.

어둠이, 내려앉았다.

그때였다.

[힘을 원하는가?]

"……뭐?"

머릿속에 낮은 목소리가 울려 퍼졌다.

루드비히는 고개를 돌려 주변을 두리번거렸다. 아무것도 보이지 않았다.

[입으로 목소리를 낼 필요는 없다.]

'너는… 누구지?'

머릿속에 들리는 목소리를 향해 물었다.

[나는 죽음이다. 나는 종말이다. 모든 분노한 자의 어버이이며, 분노 그 자체다.]

가수가 노래하듯, 시인이 시를 읊듯, 말이 이어졌다.

[나는 사탄이다.]

'사, 탄……?'

그 존재의 이름에, 루드비히의 얼굴이 거칠게 일그러졌다. 악마에 대한 원초적인 분노가 끓어올랐다.

[네게 거래를 제안하러 왔다.]

'꺼져라. 악마의 말은 듣지 않는다.'

루드비히는 단호히 고개를 저었다.

고민할 필요조차 없다. 악마의 목소리에 귀를 기울일 가치는 조금도 없었다. 하물며 사탄이라니.

'놈은 예언의 악마다.'

머지않은 미래에 온 세계에 파멸을 가져다준다는 예언의 악마.

지구만이 아니다. 에르노어 대륙, 환 대륙까지. 구천지옥과 이어진 모든 세계가 그 악마 하나로 인해 파멸을 맞이한다는 신의 예언. 그 사실을 알고 있는 입장에서 그의 말을 들을 가치는 없다.

[하하하하하!!]

사악한 마기로 가득 찬 웃음소리가 귓가에 울려 퍼졌다.

폭소를 터뜨리던 사탄은 만족스러운 목소리로 말했다.

[과연, 괜히 빛의 감시자가 아니라 이건가.]

'닥쳐라. 더 이상의 말은 듣지 않겠다.'

[흐흐흐흐.]

낮은 웃음소리.

[정말 그럴 수 있겠나? 지금 이 상황에서?]

'……'

루드비히는 굳게 입을 다물었다.

고개를 들자 요그사론이 천천히 다가오는 것이 보였다. 완전히 이겼다고 생각했는지, 아니면 그에게 죽음이 다가오는 공포를 생생하게 느끼게 하고 싶은지는 모르겠지만, 그의 걸음은 무척 느렸다.

하지만 확실한 것은 한 가지.

저 악마가 이곳에 도착한다면, 자신은 죽는다.

'상관없다.'

[상관없지 않을 텐데?]

조롱하듯 묻는 목소리에 루드비히는 입술을 깨물었다.

'악마와 거래를 할 바에 차라리 죽는 것이 낫다.'

[하하하하하! 좋아! 좋은 마음가짐이야! 하지만……]

사탄의 말이 이어졌다.

[진실을 알고도, 그럴 수 있겠나?]

'뭐?'

[이 사실을 알리지 않는다면… 라파엘이 죽는다고 해도?]

'무슨 소리냐'

루드비히의 눈이 떨렸다.

진실. 그 진실이 무엇인데 감히 라파엘의 죽음을 언급한다는 말인가.

[요그사론의 말을 듣고 눈치채지 못했나? 내가 군이 네게 거래를 제안한 이유를 상상할 수 없겠나?]

'……무슨.'

-예언의 악마는, 내가 아니다.

'……!'

두 눈이 부릅떠졌다.

루드비히의 몸이 떨렸다.

예언의 악마가 사탄이 아닐 수도 있는 가능성. 분명 라파엘이 제시했던 가능성이었지만 이렇게 직접 사탄의 입을 통해 들으니 몸에 전율이 일었다.

'그렇다면.'

가이아의 권속들은 모두 진짜 예언의 악마에게 속고 있다는 의미.

"크윽."

루드비히는 초조하게 입술을 깨물었다.

'네가 예언의 악마가 아니라면… 설마 그 마왕이라는 자가 예언의 악마인 거냐?'

[다행히 멍청이는 아닌가 보군.]

사탄은 낮게 웃었다.

[그렇다. 난 마왕에게 붙잡혀 그의 권속으로 전락했지.]

'……'

침묵이 이어졌다.

대공을 권속으로 부릴 수 있을 정도의 악마. 그 악마가 누구인지 상상조차 가지 않았다.

'그 마왕이라는 악마가… 바알, 이냐?'

[아니. 바알이 아니다.]

'허……'

머릿속이 더욱 복잡해졌다. 천사들이 가장 경계하고 있는 악마조차 마왕이 아니라니.

'내가 어떻게 네 말을 믿지?'

[사용해라, 그 검을.]

루드비히의 고개가 내려갔다. 그러자 새하얀 빛을 뿜어내는 검이 보였다.

성검 루드비히. 마해를 찾을 수 있는 힘이 담긴, 성스러운 검.

"크윽……."

-뭐지? 최후의 발악이라도 할 생각이냐?

그에게 다가오던 요그사론이 낮게 웃더니, 다가오던 것을 멈추고 느긋이 팔짱을 끼었다.

-어디 그럼 발악해 보거라. 기다려 주지.

"……."

루드비히는 입술을 깨물고 성검을 들었다.

원래라면 정적인 장소에서 온 신경을 쏟아부어야 성공 확률이 더욱 커지지만 지금 상황에서 그걸 가릴 수는 없었다.

두 눈을 감고, 정신을 집중해 마해(魔海)의 위치를 찾기 시작했다.

"아……."

퍼져 나가는 경악. 벌어지는 입.

망설임 없이 던져지는 '진실'에 루드비히의 몸이 떨렸다.

"마해는……."

[그것이 어디 있는지 찾았나 보군.]

사탄이 웃었다.

"가디언즈의 내부에, 있다고?"

누가 마해를 품고 있는지는 알 수 없었다. 하지만, 지금 마해가 있는 곳은 가디언즈의 본거지라 할 수 있는 수호의 전당이었다. 그렇다면. 그렇다는 얘기는. 그 의미는.

'혹시 말이야. 만약에… 가디언즈 내부에 악마가 있다면 어떻게 할 거야?'

김시훈의 말이 떠올랐다.

'가이아의 권속들은……'

예언의 악마에게 완전히, 완벽하게 속아 넘어갔다. 그를 '가디언즈'로 받아들여 버렸을 정도로.

아니, 속아 넘어간 것이 아닐지도 모른다.

'가디언즈 전원이.'

예언의 악마와 한패일 가능성도 있다.

"아, 안 돼."

라파엘은 지구의 신들의 요청을 받아 가이아의 권속들과 협력하려고 한다. 그런 상황에서, 가디언즈의 내부에 예언의 악마가 존재한다니.

'전해야 해.'

이 사실을 알려야 한다.

예언의 악마에게 속고 있는 가디언즈에게. 그 가디언즈가 속고 있는지도 모르는 채 협력을 하려는 라파엘에게 이 사실을 전해야만 한다.

전하지 않으면 그 사악한 악마에 의해 얼마나 많은 희생이 생길지 짐작조차 할 수 없다.

최악의 경우, 정말 상상조차 하기 싫은, 최악의 경우.

'라파엘 님이 죽는다.'

가디언즈를 집어삼킨 어둠이, 라파엘에게까지 뻗어 나가지 않으리라는 법은 없다.

"으, 아아."

으드득.

주먹을 쥐고 두 눈을 부릅떴다. 허공을 움켜잡듯 손을 휘저으며, 필사적으로 몸을 일으켰다.

-하, 그것이 마지막 반항인가?

실망하는 요그사론의 목소리가 들렸다.

루드비히의 눈이 절망에 물들었다.

[자, 다시 한번 물어보지.]

그때, 사탄의 목소리가 들려왔다.

[나와 거래를 하지 않겠나?]

"……."

짙게 내려앉은 침묵.

고민은 길지 않았다.

"나는……."

루드비히는 흔들림 없는 목소리로, 변하지 않는 눈빛으로 말했다.

"거래하지 않겠다."

성검을 쥐었다. 검에서 흘러나오는 새하얀 빛이 그의 몸을 감쌌다.

"착각하지 마라, 사탄."

루드비히는 이글거리는 눈빛으로 말을 이었다.

설사 모든 것을 잃게 된다고 하더라도. 설사 모든 것이 망가지게 된다고 하더라도.

"악마와의 타협은 없다."

[대상자가 저항하여 종속의 권능이 실패하였습니다.]

"호오."

눈앞에 떠오른 메시지창을 바라보며, 강우는 탄성을 흘렸다.

"대단한데."

충분히 궁지에 몰아넣었다. 한계까지 몰아붙이며, 선택의

폭을 제거했다. 어느 정도의 진실을 공개하며 바닥의 바닥까지 끌어당겼다.

'그런데.'

그런 최악의 상황에서조차 그의 제안을 거절했다. 종속의 권능을 저항했다.

'놀랍군.'

흔들림 없는 그의 신념에, 더럽혀지지 않는 순수에 감탄했다.

저 상황에서 '거래'를 거절할 확률은 많지 않다고 생각했다.

"하지만."

피식, 가소롭다는 듯 어깨를 으쓱였다.

거절할 확률이 많지 않다고 생각했다. 역으로 말하면, 거절할 확률이 적지만 '있을 수 있다'고 생각했다.

그렇기에 당연히 모든 대비는 이미 끝났다.

"그것뿐이지."

악마가 웃었다.

◆ 6장 ◆
성검 루드비히

"악마와의 타협은 없다."

씹어뱉듯 말한 루드비히는 성검을 지팡이 삼아, 비틀거리며 몸을 일으켰다.

지금 자신의 선택이 최선이 아니라는 것 정도는 그도 알고 있다. 미래를 위해, 라파엘과 에르노어 대륙을 위해 신념을 굽히는 것이 옳다는 것을 모를 정도로 그는 멍청하지 않았다.

'하지만.'

루드비히의 눈이 날카롭게 빛났다.

그는 악마에 대해 잘 알고 있다. 그들이 얼마나 사악하고, 간악하며, 영리한지 알고 있다.

'거래라고?'

헛웃음이 흘러나왔다. 가소롭지도 않다.

사탄은 그 거래의 대가에 대해서 말하지 않았다. 말할 필요가 없었던 탓이다.

'왜냐하면.'

그의 모든 것을 앗아갈 생각일 테니까.

만약 거래의 대가가 그의 모든 것이라면, 결과적으로 파국을 맞이하는 것은 마찬가지다. 그 정도를 상상하지 못할 정도로 멍청하지 않다.

지금 당장 이곳에서 빠져나간다고 능사가 아니다. 라파엘에게 이 사실을 전하기도 전에, 그는 사탄의 꼭두각시가 되어 평생을 살아갈 것이다. 빛을 섬기는 동료들을 자신의 손으로 직접 죽여가면서.

'그럴 순 없다.'

루드비히는 날카롭게 눈을 빛냈다.

이곳에서 들은 정보를 라파엘에게 전해야 하는 것은 사실이다. 하지만 그 과정에서 악마의 힘을 빌리는 것은 오히려 자충수. 더욱 큰 파멸을 맞이하는 지름길이 될 뿐이다.

'그렇다면.'

꿀꺽.

침을 삼킨 루드비히는 두 눈을 감고 정신을 한곳에 모았다. 그리고 성검 루드비히. 그의 이름까지 버리면서 손에 넣은 검을 굳게 움켜쥐었다.

"내 목숨을 바치겠다."

검을 향해, 나지막이 말했다.

우-우-웅.

성검이 진동하며 새하얀 빛이 흘러나왔다.

루드비히는 거칠어진 숨을 고르며 고개를 들었다.

이윽고 그의 몸에 찬란한 빛이 서렸다.

그는 목숨을 대가로 한, 목숨을 대가로 하지 않으면 할 수 없는 기술의 이름을 낮게 읊조렸다.

"광명(光明)."

우-우-우-웅!!!

거세지는 진동. 폭발하듯 뿜어져 나오는 빛이 그의 몸을 감쌌다.

투둑.

등가죽이 찢어졌다. 그리고 찢어진 등가죽으로 네 장의 날개가 빠져나왔다.

아까 전 빛으로 이루어진 가짜 천사의 날개가 아니다. '진짜' 천사가 지니고 있는 날개.

찬란한 빛 가루가 사방으로 뻗어갔다.

"크윽, 커헉!"

몸을 비틀었다.

성검에서 흘러넘치는 거대한 성력이 그의 몸 안으로 흘러들어 왔다. 인간의 육체로 받아들일 수 있는 힘의 총량을 아득히 넘어서는 성력의 파도.

"으, 아아아아아!!"

숨을 토해낸다.

찬란한 빛에 휩싸인 채, 성검을 쥐어 휘둘렀다.

쩌적!!

어둠이 갈렸다.

[마왕님.]

검은 구체를 통해, 발록의 목소리가 흘러나왔다.

그의 목소리는 딱딱하게 굳어 있었다.

[계획이 틀어진 것 같습니다.]

"그건 보면 알아."

처음 짰던 계획. 루드비히를 타락시킴과 동시에 종속의 권능으로 그를 지배하는 것. 천사의 사도를 꼭두각시로 만들어 이용하는 것. 그 계획이 틀어져 버렸다.

"좀 아쉽긴 하네."

강우는 의자 등받이에 느긋이 등을 기댔다.

지난 일주일. 리리스와 던전을 제작하면서 즉흥적으로 떠올린 계획을 구체화시켰다.

단순히 구체화시킨 것이 아닌, 이번 계획을 통해 얻을 수 있는 이득을 최대한 극대화시키려고 했다.

'아무래도 그건 실패한 것 같지만.'

단순히 루드비히가 성검을 사용하지 못하게 만드는 것은 간단했다. 아주 간단하게, 그를 죽이면 됐다. 죽은 인간이 성검을 사용할 수는 없을 테니까.

하지만 강우는 그 이상을 원했다. 반복되는 패턴에서 벗어나기 위해 그를 타락시키는 수고를 들인다면, 그 이상의 이득을 얻어야 한다고 판단했다.

'그래서 종속의 권능을 사용하려 했는데.'

실패했다.

루드비히라는 전력을 온전히 손에 넣을 수 있다면 여러모로 쓸모 있을 거라고 생각했지만, 더 이상은 쓰기 어려웠다.

[죽이시겠습니까?]

발록이 살기 가득한 목소리로 물었다.

"음……."

고민에 잠겼다.

강우는 의자에 기댄 몸을 흔들며, 발자하크와 나눴던 대화를 떠올렸다.

'으음. 근데 저 루드비히라는 자, 좀 아깝긴 하군요.'

'아깝다고?'

'예. 저 정도로 강력하면서, 경이로운 육체를 가진 인간은 마스터의 동생분 외에는 본 적 없습니다. 아마… 레이날드보다 훨씬 뛰어난 것 같더군요.'

'그래서?'

'흐흐흐. 저자의 육체로 데스 나이트를 만든다면……. 아마 엄청난 작품이 탄생할 겁니다. 최상급 데스 나이트…아니, 단순한 데스 나이트를 넘어서 어비스 나이트를 만들 수도 있겠군요.'

'뭐야 그 졸라 쎄 보이는 이름은.'

'데스 나이트의 상위 개체입니다. 아주 억울한 죽음을 맞이한 원혼으로만 만들 수 있는 존재이지요. 아마 그 힘은… 흐흐흐. 발록 님도 고전을 면치 못하실 정도일 겁니다.'

'음……. 일단 기각. 어차피 종속의 권능으로 이어진 이후에 해도 늦지 않아.'

짧은 대화가 머릿속에 떠올랐다.

고민을 이어가던 강우는 천천히 입을 열었다.

"아니, 죽이지 마."

[하지만 이대로라면 놈이 밖으로…….]

"괜찮아."

[놈은 너무 많은 것을 알고 있습니다.]

걱정된다는 목소리에도 강우는 활짝 웃었다.

"발록."

[말씀하십시오, 왕이시여.]

"성자(聖者)를 타락시키는 방법이 뭐라고 생각해?"

[그건 여러 가지 방법이…….]

"만약 어떤 방법으로도, 무슨 이유에서라도 타락하지 않는다고 가정하면?"

[…….]

발록은 침묵했다.

무슨 방법으로도 타락하지 않는 성자를 타락시키는 방법이라니. 애초에 논리적으로 모순이 있는 질문이다. 답이 있을 리가 없다.

"지금부터 잘 봐봐."

강우는 웃었다.

"내가 가르쳐 줄 테니까."

쩌적!!

어둠이 갈라지고 동굴의 외벽이 찢겨 나가며 벌어졌다.

그 사이로, 빛이 흘러나왔다.

'여긴.'

황폐한 초원이 보였다. 익숙한 장소다.

'처음 도착한 곳.'

루드비히의 눈이 빛났다.

고개를 돌려 지금까지 그를 몰아붙이던 악마를 바라보았다. 놈은 어째서인지 아무런 움직임을 보이지 않고 있었다.

'기회다.'

왜 그가 움직임을 보이지 않는지 알 수 없다. 하지만, 지금이 기회라는 사실은 변하지 않았다.

루드비히는 몸을 웅크렸다.

발을 박차며, 네 장의 날개를 펄럭였다. 무시무시한 속도로 그의 몸이 쏘아졌다.

'전해야 한다.'

이곳에서 들은 정보를 모두 라파엘에게 전해야 했다. 루드비히는 벌어진 어둠의 틈으로 재빠르게 빠져나갔다.

무수한 촉수가 그를 쫓는다. 하지만, 그가 더 빨랐다.

콰드드드드드득!!

던전을 탈출했다. 풀 한 포기 자라지 않은 대지에 루드비히의 몸이 굴렀다.

"허억, 허억."

거친 숨이 흘러나왔다.

전력으로 성검의 힘을 끌어 올린 대가가 벌써부터 나타나고 있었다.

그는 남은 생이 얼마 남지 않았다는 것을 직감했다.

'빨리.'

에르노어 대륙으로 돌아가야 했다.

그때였다.

"루드비히 씨!!"

"괜찮습니까?"

멀리서 김시훈, 강우, 가이아, 차연주, 그레이스 등 가디언즈의 정예 멤버가 다급히 달려오는 것이 보였다. 아무래도 아까 전에 보낸 구원 요청을 받고 도착한 모양.

"크윽……."

루드비히는 경계 어린 눈빛으로 그들을 노려보았다.

가디언즈는 예언의 악마에게 속고 있다. 우선 그들에게라도 진실을 전해야 한다.

"여러분은 지금 속……."

"잠깐."

선두에서 달려오던 날카로운 눈매의 청년, 강우가 손을 들었다. 그는 딱딱하게 굳은 얼굴로 말을 이었다.

"모두 멈추세요."

"왜, 왜 그러십니까, 형님?"

"……."

김시훈의 다급한 물음.

강우는 굳게 입을 다문 채, 일그러진 표정으로 입을 열었다.

"……이미, 늦었어."

"예? 그게 무슨 말씀……."

"루드비히는 이미 악마에게 지배당하고 있어."

"……예?"

"그, 그 말이 사실인가요, 강우 씨?"

가이아의 다급한 물음.

강우는 무거운 표정으로 고개를 끄덕였다.

"예. 이미… 늦었습니다."

그는 거칠게 주먹을 쥐며 발을 굴렀다.

"제길! 제기랄! 더 빨리 왔다면……!"

루드비히는 멍한 표정으로 원통하다는 듯 욕을 내뱉는 그를 바라보았다.

'뭔 소리야?'

그는 악마에게 지배당하지 않았다. 사탄의 제안을 거절했다. 자력으로, 그 끔찍한 던전을 탈출했다. 그런데, 이미 늦었다니?

"혀, 형님! 왜 그러십니까? 지금 루드비히는 멀쩡……."

"아니."

강우는 단호히 고개를 저었다. 그러고는 품속에서 통신용 수정구슬을 하나 꺼냈다.

"사실 처음 이 통신을 들었을 때부터… 늦었다고 생각했 었다."

음성이 흘러나왔다.

-루드… 히입니다. 게이트에… 누가 손을… 악마의 함정… 저는… 이미… 당했… 위험… 모두… 도망치… 이대로는… 악 마에게 지배당…….

지직거리는 노이즈.

그 음성을 통해 루드비히의 목소리가 흘러나왔다.

죽음을 직감한 말. 단말마의 비명과도 닮은 유언. 저 통신 만 듣더라도 이미 루드비히가 늦었다는 것은 어렵지 않게 알 수 있었다.

강우는 김시훈의 어깨를 잡았다.

"미안하다, 시훈아. 차마 네게 이 통신을 전할 수 없었어."

"아, 아아아……."

"루드비히 씨는… 이미 악마의 손에 타락했다."

강우는 차마 루드비히의 모습을 보지 못하겠다는 듯 고개 를 떨궜다.

루드비히는 입을 쩍 벌린 채 그런 그의 모습을 바라봤다.

'뭐야.'

머릿속이 복잡했다.

수정구슬을 통해 들리는 것은 분명 자신의 목소리.

하지만 자신은 그런 말을 내뱉은 적이 없다.

'무슨 일이 일어난 거야.'

루드비히의 표정이 창백하게 질렸다.

그는 던전에 들어가자마자, 가디언즈와 나눴던 통신을 머릿속에 떠올렸다.

'누…구. 무슨, 일?'

'루드비히입니다. 게이트에 누가 손을 쓴 것 같습니다. 악마의 함정이라고 추측됩니다.'

'상황… 어떻……?'

'저는 괜찮지만, 이미 부하가 당했습니다. 이대로는 위험합니다. 가디언즈 모두에게 지원을 요청합니다. 저희는 도망치면서 시간을 벌 생각입니다.'

'밖… 나올 수… 니까?'

'이대로는 밖으로 나갈 수 없습니다. 공간 자체가 악마에게 지배당하는 것 같습니다.'

'지금… 어디.'

'모르겠습니다. 아마 던전 내부로 진입한 것으로 보입니다.'

'바… 로, 구… 치지이이익!!'

저 말이.

'뭐야, 저게 어떻게.'

이런 말로 바뀔 수 있단 말인가.

"아, 아아."

루드비히의 몸이 흔들렸다.

그는 새파랗게 질린 표정으로 강우를 바라보았다.

"루드비히는 이미 타락했습니다."

강우는 눈물을 훔치며, 단호한 목소리로 말을 이었다.

"그를… 저희 손으로 죽여야 합니다."

무슨 방법으로도 타락하지 않는 성자를 타락시키는 방법.

그것은, 생각보다 간단하다.

'진실은 중요하지 않지.'

진실 같아 보이는 것이 중요할 뿐이다.

"너, 이 개자……."

루드비히는 벌어진 입을 다물지 못한 채, 가늘게 몸을 떨었다. 끓어오르는 분노에 머리가 새하얗게 불타는 것만 같았다.

"으, 아아."

두 뺨에 손을 올렸다. 언어가 되지 못한 단어의 편린들이 입속에서 흘러나왔다. 머리가 어지러웠다.

'끝났어.'

직감했다.

자신을 바라보는 다른 가디언즈의 표정에서, 김시훈의 절망 어린 표정에서 모든 것을 읽었다.

악마의 편집. 대체 언제 자신의 말을 그렇게 끼워 맞췄는지는 알 수 없다.

하지만 그렇게 해서 만들어낸 결과물은 자신이 봐도 어처구니없을 정도.

'누가 듣더라도.'

이미 악마의 술수에 빠져 타락한 뒤에 유언을 남기는 메시지. 나는 이미 늦었다고, 너희는 여기 오지 말고 도망치라는 단말마. 이걸 듣고 대체 그 누가 그를 타락하지 않았다고 생각할 것인가.

"아, 아니야!"

다급히 고개를 저은 루드비히가 손가락을 들어 강우를 가리켰다.

"이 모든 건 저 쓰레기 새끼가 꾸민……."

꾸르륵. 꾸륵.

그때, 그의 뒤통수에 달라붙어 있던 녹색 촉수 하나가 꾸물거리며 몸을 움직였다.

강우가 자신의 목소리를 직접 그의 머릿속에 전달하기 위해 붙여둔 촉수. 수십 갈래로 갈라진 촉수가 그의 몸을 타고 빠르게 움직였다.

딱히 공격에 목적이 있는 것은 아니었다. 몸을 타고 뻗어 나간 촉수가 피부 위에 달라붙었다. 마치 피부 위에 흉측한 혈관이 돋아난 듯한 모습.

그리고…….

"역시, '침식'당하고 있군요."

강우는 참담한 표정으로 고개를 떨궜다.

루드비히의 몸에 돋아난 흉측한 녹색 혈관. 그에 대해서 모르는 사람이 보더라도 절대 정상적인 상태는 아닌 모습. 침식, 이라는 단어가 그 이상으로 어울리기 힘든 모습이었다.

"아니, 그게 아니라……."

"닥쳐라!! 사악한 악마야!"

일갈을 내뱉은 강우는 가증스럽다는 듯 루드비히를 노려보았다. 파리하게 질린 그의 입술이 가늘게 떨렸다.

"이미 루드비히는 없다는 것을, 네게 완전히 잠식당해 사라졌다는 것을 내가 모를 것 같으냐……!"

"여러분."

"크흡. 루드비히 씨… 어쩌다가 이런……."

"제발 제 말을 들어……."

"당신을… 잊지 않겠습니다, 루드비히……."

"이런 ×발."

루드비히는 당장에라도 미쳐 버리겠다는 듯 머리를 움켜쥐었다. 머릿속이 복잡했다.

고개를 들자 자신을 바라보는 다른 사람들의 시선이 보인다. 참혹하게 일그러진, 안타깝고 슬픔에 가득 찬 눈빛.

"루드비히……."

두 눈을 질끈 감은 김시훈은 충격을 지워내지 못하는 듯 몸을 비틀거리고 있었다.

각자의 반응은 각양각색이었지만 그들의 공통점은 하나. 자신이 아닌, 강우의 말을 믿고 있다는 사실.

"하, 하하."

루드비히는 헛웃음을 흘렸다.

지금 상황을 반박할 말조차 떠오르지 않는다. 선동은 문장한 줄로도 가능하지만 그를 반박하기 위해서는 수십 장의 문서가 필요하다는 말이 있다.

그 말을 뼈저리게 깨닫는 순간이었다.

'돌이킬 수 없다.'

그런 생각이 들었다.

차오르는 분노에 머리가 뜨거워졌다.

창백하게 질린 표정으로 강우를 응시하자 그가 슬쩍 입꼬리를 올리는 것이 보였다.

'오강우.'

루드비히는 벼락처럼 깨달았다.

흩어져 있던 퍼즐들이 머릿속에서 맞춰졌다. 누가 과연 수호의 전당에서 아프리카로 향하는 게이트를 조작했는지. 누가 던전 안에서 구조 신호를 받아낸 건지. 누가 마해를 가진 채 가디언즈 내부에 잠입한 건지.

"너, 였구나."

덜덜 몸을 떨던 루드비히가 두 눈을 부릅뜨며, 입을 벌렸다.

광기에 가까운 분노가 그의 몸을 지배하기 시작했다. 이성이 흐려지며, 감정이 폭발했다.

"네놈이었어."

그럴 수밖에 없었다.

그가 진실로 타락했고 하지 않았고는 중요치 않았다. 모든 사람들이 그를 '타락했다'라고 규정한 순간, 자신은 사실과 관계없이 타락한 것이 되었다. 사탄의 유혹을 뿌리치기 위한 노력도, 목숨을 걸어서까지 지키려고 한 굳은 신념도 지금 이 순간 모든 의미를 잃었다.

"오, 강우우우우우우!!!"

루드비히는 광기에 몸을 맡기며, 발을 박찼다.

성검을 쥐었다. 눈부신 광휘가 그의 움직임을 뒤따랐다.

던전을 빠져나오기 위해 대부분의 힘을 사용했지만, 지금 이 자리에 주저앉을 수는 없었다.

"으아아아아아!!"

라파엘에게 마왕에 대한 사실을 전해야 한다는 것도, 한설이라는 이름을 지닌 여인에 대한 사실을 전해야 한다는 것도 잊었다. 지금 이 순간, 그런 것은 아무것도 중요치 않았다.

눈앞에 강우가 보였다. 지구를 수호하는 수호자들 사이에 껴서, 가증스럽게 자신을 모욕하고 있는 악마. 인간의 탈을 쓴 괴물.

그가 지은 비릿한 조소가 낙인처럼 뇌에 새겨졌다.

"죽어어어엇!!"

성검을 내려찍었다.

까아아앙!!

찬란한 빛에 휩싸인 그의 검을, 김시훈이 막아냈다.

김시훈은 초조한 표정으로 입을 열었다.

"루드, 비히……."

"비켜어어엇!! 너희들 다 속고 있는 거다!! 저 악마의 술수에 놀아나고 있는 거라고!!"

"크윽."

"이 머저리 새끼들!! 네놈들이 그러고도 지구를 수호하는 존재라고 말하는가!!!"

"루드비히……!"

김시훈은 광기에 잠식된 그의 모습을 바라보면서 애절한 목소리로 외쳤다.

그와 만난 시간은 길지 않았다. 고작 일주일 정도. 그가 궁금해하는 지구의 문화들을 조금 소개시켜 줬을 뿐이다. 친구라는 낯간지러운 단어를 사용하기도 애매한 관계. 하지만.

"제길, 제길, 제기랄!!"

김시훈은 거친 욕을 내뱉었다.

새하얀 광휘에 휩싸여 있지만, 눈앞의 보이는 루드비히의 모습은 끔찍하기 그지없었다. 광기에 물든 눈빛, 거칠어진 숨, 그리고 악마에게 잠식당했다는 것을 증명하듯 흉측하게 돋아난 녹색 핏줄.

그 모습이 의미하는 것은 하나였다. 루드비히가 더 이상 돌이킬 수 없는 상태라는 것.

'형님.'

김시훈은 답을 구하듯, 고개를 돌렸다.

강우가 조용히 눈을 감은 채 고개를 저었다. 이미 늦었다는 짧으면서도 단호한 몸짓.

"……."

김시훈은 손에 쥔 검을 굳게 쥐었다.

강우가 그의 어깨를 붙잡았다.

"시훈아 여긴……."

"아뇨."

슬픔을 억누르며, 낮게 입을 열었다.

"제가 하겠습니다. 제가… 해야 하는 일입니다."

타락한 성자(聖者)를 응시했다. 광기와 분노에 미쳐 있는, 이제껏 그가 보지 못했던 루드비히의 모습.

그의 목에 걸려 있는 펜던트가 보였다. 자신이 선물해 준 펜던트.

김시훈은 두 눈을 감았다. 눈시울이 뜨겁다.

'해야 해.'

아무리 괴롭더라도, 아니, 이렇게 괴로운 일이기 때문에 그의 손으로 직접 해야 했다. 이 일을 다른 사람에게 넘길 수 없었다.

'루드비히.'

어떤 악마가 그를 타락시켰는지는 모른다.

물론, 어느 정도 예상은 할 수 있다. 루드비히처럼 확고한 신념을 지닌 성자를 타락시킬 수 있는 악마는 그가 알기로 많지 않다.

'집중해.'

쓸데없는 생각을 지운다.

감정을 칼로 도려내고 해야 할 일을, 해야만 하는 일을 머릿속에 떠올린다.

깊게 가라앉은 눈빛. 일순, 그의 눈빛이 '강우'가 보이는 눈빛과 같아졌다.

"후우."

숨을 들이쉰 김시훈이 검 자루를 양손으로 쥔 채 몸을 낮게 낮췄다. 그리고 발을 박차며 달려들었다.

"으아아아아아!!"

광기에 물든 채 난동을 피우는 루드비히를 보며 김시훈이 짧게 말했다.

"걱정 마라, 루드비히."

"이 개자식들아아아아아!!!"

"내 손으로 네 고통을 끊어주마."

"사람 말을 좀 들으라고오오오오!!!"

발작을 일으키듯 소리치는 루드비히의 모습에, 순간적으로 그가 악마의 지배에서 벗어날 수 있지는 않을까 하는 희망이 스쳤다.

'쓸데없는 생각하지 마.'

강우의 말이 떠올랐다.

이미 늦었다는, 손 쓸 수가 없다는 말. 강우가 아무 생각도 없이 그런 말을 한 것은 아닐 것이다.

그가 상상하는 것 이상으로 강우의 능력은 경이롭다. 강우가 단호하게 말했다면, 그 말이 맞으리라.

"미안하다."

마지막으로 짧게 말한 후, 앞으로 손을 뻗었다.

그의 손에서 멀어진 검이 마치 살아 있는 생명처럼 공중을 날았다.

눈을 감고, 정신을 집중했다.

'천룡일섬.'

빛이 번뜩이고 광기에 휩싸인 채 발작하는 루드비히의 몸이 검에 꿰뚫렸다.

붉은 피가 바닥에 흩뿌려지고 비릿한 혈향이 퍼졌다.

"쿨럭!"

"루드비히……."

김시훈은 젖은 목소리로 그를 불렀다. 그리고 손을 뻗어 쓰러지는 루드비히의 몸을 안았다.

"내가 너를 기억하마."

"아, 으……."

루드비히의 눈가에 눈물이 맺혔다.

땡그랑.

성검이 바닥에 떨어졌다.

김시훈과 루드비히. 수호자와 타락한 성자가 만들어내는 감동적인 장면. 강우는 눈물을 훔치는 척 고개를 돌리며 바닥에 떨어진 성검을 힐끔 쳐다보았다.

꿀꺽.

'무조건 신화 등급 이상이겠지.'

기대감이 끓어오르는 것이 사실.

'혹시 고유 스탯 상승효과가 있을지 누가 알아?'

성검 루드비히에 고유 스탯 증가 옵션이 달려 있다면, 성검이 마기 스탯을 올려주는 우스꽝스러운 상황이 연출되긴 할 것이다.

하지만 한설아가 사용한 빛의 은총이라는 스킬을 받고 마기 스탯이 증가했던 경험도 있으니 완전히 불가능한 것도 아닌 상황.

강우는 은근슬쩍 둘에게 걸어가 바닥에 떨어진 성검을 주워 들었다.

[성검 루드비히가 역겨운 영혼에 저항합니다.]

우우우웅.

새하얀 빛이 터져 나왔다.

'역겨운 영혼이라니.'

절로 눈살이 찌푸려졌다. 자신만큼 순수한 영혼이 어디 있다고 저런 메시지창이 뜬단 말인가.

'시스템도 믿을 게 못 되네.'

[너무도 역겨운 영혼에 성검 루드비히가 어둠에 물들기 시작합니다.]

[성검 루드비히가 역겨움에 구토를 합니다.]

'아니, 시바 검이 뭔 토를 해.'

[성검 루드비히의 성력이 소멸하기 시작합니다.]

'아니, 이 씨ㅂ……'

[성검이 분해됩니다. 하이엘프의 축복, '마(魔)를 탐지하는 빛' 기능이 망가졌습니다.]

'알았어, 안 가질 게. 그만해 이 새끼야.'

성검을 쥔 강우의 표정이 일그러졌다.

성검 루드비히는 정말 구토를 하듯 검 끝으로 성력을 토해 내고 있었다. 마기 탐지 능력이 망가진 것은 상관없지만 이렇게 가다간 신화 등급 무기가 사라질 판.

"시훈아."

"형님……"

강우는 김시훈의 어깨를 잡고 성검 루드비히를 손에 쥐여주었다. 그러자 검 끝으로 성력이 흘러나오던 것이 멈췄다.

"아……."

"분명 이 검의 이름도 루드비히로 알고 있다."

"……예."

김시훈은 고개를 끄덕였다. 처음 루드비히와 만난 날, 성검의 이름을 들은 기억이 있다.

강우는 김시훈의 어깨를 잡으며 강한 목소리로 말했다.

"이 검은 네가 가져라. 너만이 쥘 자격이 있다."

"형님……. 저는… 그를 구하지 못했습니다."

"그래, 구하지 못했지."

그렇기 때문에.

"그를 구하지 못했던 만큼, 네가 그의 검으로 더 많은 사람들을 구해라."

"강우 형님……."

"잊지 마라."

강우는 눈물을 흘리는 김시훈과 함께 루드비히의 시체를 바라보았다.

사악한 악마에 의해 타락한 성자, 루드비히. 그는 자신의 죽음이 원통하다는 듯 두 눈을 부릅뜨고 있었다.

손을 뻗어 부릅뜬 루드비히의 눈을 감겨주었다.

"루드비히가 항상 너와 함께하고 있다는 것을."

"……크흡."

김시훈은 고개를 떨궜다. 그의 눈을 타고 투명한 눈물이 흘러내렸다.

성검을 품속에 안은 김시훈은 손을 뻗어 루드비히의 목에 걸린 펜던트를 빼냈다.

"예."

그리고 자신의 목에 걸었다.

"잊지 않겠습니다."

타오르는 눈빛으로 몸을 일으키며 다짐했다.

빛의 감시자, 루드비히. 비록 악마에 의해 타락했지만, 그의 굳은 의지와 신념은 김시훈에게 전해졌다.

'그런데 사용할 수 있긴 한가?'

강우는 루드비히의 검을 손에 쥔 채, 슬픔을 삼키고 있는 김시훈의 모습을 힐끗 바라보았다.

사실 김시훈의 영혼은 완전히 순수하다고 할 수 없다.

그의 인간성만 놓고 보면 순수한 영혼을 가지고 있다고 해도 이상하지 않았지만, 그는 종속의 권능으로 이어진 자신의 사역마. 영혼 단계에서부터 자신과 섞여 있었다.

'아까 전처럼 막 성력을 토해내는 건 없는 것 같은데.'

발작을 일으키듯 성력을 토해내던 것과 달리 꽤나 편안해 보이는 모습.

김시훈을 주인으로 인정했다고 하기보단 '그래 이 정도는 버틸 만해'라고 생각하는 것처럼 보였다.

'제길.'

신화 등급 무기를 얻을 수 있다고 생각했지만, 그 무기가 에고 소드인 탓에 얻지 못했다.

'뭐, 나쁜 건 아니지만.'

강우는 성검을 움켜쥔 채 굳은 결의가 담긴 눈빛으로 루드비히의 시체를 내려다보는 김시훈을 힐끔 보았다.

예전 마몬과의 전투에서 엘 쿠에로 블레이드가 박살 난 이후 김시훈이 사용하던 무기는 유니크 등급의 검.

'솔직히 시훈이와는 격이 안 맞는 무기였지.'

진정한 검사에게 검의 등급은 중요치 않다는 식의 말은 개소리였다. 다룰 수 있는 힘이 커지면 커질수록 그 힘을 온전히 받아낼 수 있는 강력한 내구의 무기가 반드시 필요하다.

'쯧, 아쉽긴 하지만 어쩔 수 없나.'

강우는 가볍게 혀를 차며 고개를 돌렸다.

어차피 자신에게는 마해의 열쇠라는 초월 등급 무기가 있으니, 굳이 성검에 목을 맬 이유는 없었다.

'그나저나 이거 언제쯤 소화되는 거야.'

강우는 아직 아무런 반응을 보이지 않는 검은색 반지를 힐 끔 내려다보았다.

딱히 무기가 절실한 입장은 아니었지만, 평소 쓰던 것이 없어지니 아쉬웠다.

"시훈아, 돌아가자."

"⋯⋯예, 형님."

김시훈은 무거운 표정으로 고개를 끄덕였다.

강우는 그를 뒤로 한 채, 몸을 돌렸다.

'천사들이라⋯⋯.'

가늘게 눈을 떴다.

사실 천사와 척을 질 생각은 조금도 없었다. 루드비히만 하더라도 마해를 찾아내는 힘만 없다면 가만히 놔뒀을 것이다.

'싸울 이유가 없어.'

그들이 자신을 알아차리지 못하는 이상, 천사와 적대적인 관계에 놓일 이유가 없다. 그렇게 생각했었다.

"끄응."

머릿속이 복잡해졌다.

'앞으로 계속 올 텐데.'

루드비히가 죽었다.

누가 그를 타락시켰는지, 감히 빛의 감시자들에게 마수를 뻗은 악마가 누구인지는 강우 자신도 모른다.

하지만 확실한 것은.

'여기서 멈출 리가 없다는 거지.'

천사들의 목표는 구천지옥에 인접해 있는 모든 차원에서 악마를 배제하는 것. 이세계에서 일어난 일이라고 해도 빛의 감시자의 죽음을 좌시할 리가 없다.

'그리고 라파엘에게 있어서 루드비히의 가치가 낮을 리가 없어.'

다른 세계라고는 하나 지구의 신들의 직접적인 구원 요청에 의해 보낸 것이 루드비히다.

외교관이나 파견 사원을 폐급으로 보내는 조직은 없다. 즉, 루드비히는 천계의 입장에서도 상당히 중요한 인물이라는 의미.

'그렇다는 건……'

강우는 생각을 이어갔다.

라파엘이 루드비히를 아끼면 아낄수록, 조금 더 얘기가 쉬워졌다.

'물론, 성검 루드비히 같은 능력을 지닌 물건이 천계 측에 없을 때의 얘기지만……'

이번 일을 통해 마해의 위치를 탐색해 낼 수 있는 물건이 존재한다는 것을 알 수 있게 되었다. 그건 강우에게 있어서 치명적인 문제.

'가능성은 크지 않아.'

아니, 거의 없다고 확신할 수 있었다.

루드비히의 마지막 모습을 떠올렸다. 어떻게든 진실을 라파엘에게 전해주기 위해 필사적으로 발버둥 치던 그 모습.

'만약 성검 루드비히 외에도 그런 능력을 지닌 물건이 있었다면.'

루드비히가 그 정도로 절박하게 진실을 전하려고 움직일 이유가 없었다.

만약 라파엘 본인에게 마해를 찾을 수 있는 능력이 있었다면, 어차피 목숨을 걸고 발버둥 치지 않아도 진실은 전해지게 되어 있으니까.

어느 정도 변수를 고려하긴 해야겠지만 지금 시점에서는 성검 루드비히처럼 마해의 위치를 정확히 탐색할 수 있는 물건은 없다고 생각해도 좋으리라.

'이건……'

강우는 가늘게 눈을 떴다.

머릿속으로 스토리 라인이 그려지기 시작했다.

본격적으로 지구에 개입할 천계의 세력과 예언의 악마 사탄. 두 세력 사이를 완벽하게 조율할 수만 있다면 딱히 복잡한 계획도 아니었다.

'좋군.'

활짝 미소를 지었다. 듬직한 아군이 생기는 것은 반길 만한 일이었다.

"시훈 씨……."

김시훈이 흐느끼는 목소리를 들으며, 깊은 슬픔에 빠져 있는 가이아가 보였다.

그녀는 목소리가 들리는 방향으로 휠체어의 바퀴를 끌었다. 슬픔에 잠긴 김시훈을 위로해 주기 위함이리라.

"가이아 씨."

강우는 가이아의 어깨를 잡았다.

"지금은 시훈이 혼자 있도록 내버려 두는 것이 좋을 것 같습니다."

"아……. 하, 하지만."

"괜찮습니다. 이런 일로 좌절할 놈이 아니니까요."

"……."

그녀는 가늘게 몸을 떨었다. 믿었던 천계의 세력이 이토록 허무하게 악마에게 당한 것이 충격이었던 모양.

"누가 이런 끔찍한 일을……."

"하나밖에 없지 않습니까."

"……."

가이아는 굳게 입을 다물었다.

거대한 어둠. 그 끝을 알 수 없는 어둠 속에서 붉은 악마 가면이 나타나는 듯한 환각이 보였다.

"대체 그자는… 얼마나 더 잔혹한 일을 반복해야 만족하려는 걸까요."

슬픔이 가득한 목소리.

강우는 그녀의 어깨에 올린 손에 힘을 쥐었다. 그리고 고개를 숙이고, 분노를 억누르는 듯 떨리는 목소리로 말을 이었다.

"오늘 일을 잊지 않겠습니다."

"강우 씨……."

"반드시 자신의 죗값을 치르도록 만들 겁니다."

예언의 악마 사탄. 루드비히를 타락시킨 범인에 대해서는 깊게 생각할 필요도 없었다.

모든 일의 원흉. 악마 중의 악마. 세계를 파멸의 구덩이로 몰아넣으려는 절대 악(惡). 사탄이 뿌린 절망의 숫자는 헤아리기 힘들 정도였다.

"……하실 수 있을 겁니다."

가이아가 눈물을 삼키며, 고개를 끄덕였다.

강우는 희미한 미소를 지으며 그녀의 어깨에서 손을 떼었다.

◆ 7장 ◆
어비스 나이트

-호흐흐. 이런 귀중한 재료를… 역시 마스터입니다.

사탄의 사악한 마수로 인해 루드비히가 타락한 지 일주일.

발자하크는 강우가 가져온 루드비히의 시체를 보고 낮은 웃음을 흘렸다.

강우는 피곤하다는 표정으로 연구실 의자에 앉았다.

흑마법사나 매드 사이언티스트가 사용할 법한 어둑한 연구실은 발자하크를 위해 강우가 따로 만들어준 곳으로, 발록이 거주하는 건물에 있었다.

"그거 빼돌리는 데 고생 좀 했다."

강우는 의자 등받이에 기대어 한숨을 내쉬었다.

시체를 가짜로 바꿔치기 하는 것은 쉽지 않은 일이었다.

강우가 예상했던 대로 루드비히에 뒤를 이어 천계의 세력이 지구에 도착했다.

라파엘이나 다른 천사들이 온 건 아니지만 꽤나 많은 빛의 감시자들이 루드비히의 죽음에 대한 진실을 밝히기 위해 분주하게 돌아다녔다. 게다가 그들은 가디언즈와 협력 관계를 만들려 하지 않고 독단적으로 조사를 시작했다.

'그럴 만도 하지.'

그들의 입장에서 보면 가디언즈도 의심스러운 용의자 중 하나였다.

용의자까지는 아니라도 신뢰할 수는 없을 것이다. 루드비히가 악마의 함정에 빠져 죽는 동안 가디언즈는 아무것도 하지 못했으니까.

그리고 결정적으로, 루드비히를 직접적으로 죽인 것은 김시훈이다. 아무리 당시 루드비히의 타락한 모습이 생생하게 영상으로 남아 있다고 하지만 머나먼 타국에 파견 보낸 외교관이 죽었는데 그 국가의 사람들을 믿을 수는 없는 노릇.

'이것도 해결해야겠네.'

가디언즈와 천계의 세력이 서로를 의심하는 것은 좋지 않다. 그들은 적이 아니다. 함께 사탄이라는 강력한 적과 싸워야 할 동료이자 아군이었다.

어쨌든 그런 그들에게서 루드비히의 시체를 빼돌리는 것은 강우로서도 꽤나 지치는 일이었다.

"그래서, 어떠냐?"

강우는 의자 등받이에 몸을 기댄 채 물었다.

갖은 고생을 하면서까지 루드비히의 시체를 훔친 이유는 바로 발자하크가 말했던 데스 나이트의 상위 개체, '어비스 나이트'의 존재 때문이었다.

-호오. 아아, 좋군요. 정말… 경이롭습니다.

발자하크는 약에 취한 듯 몽롱한 목소리로 말하며, 앙상하게 뼈만 남은 손으로 루드비히의 시체를 쓰다듬었다.

"그 정도야?"

-그렇습니다. 이건… 상상 이상의 물건이 나올 것 같군요.

"호오."

강우는 눈을 빛냈다.

루드비히가 대단하다는 것은 발록과의 전투만 보더라도 알 수 있었다. 아무리 대천사의 사도라고는 하나 일개 인간이 발록과 맞서 싸울 수 있다는 것만으로도 충분히 경이로운 일이었으니까.

'그런데 그 정도인가?'

솔직히 의심스러운 건 사실.

강우의 주관적인 시선으로는 루드비히가 경이롭다기보다는 그가 지닌 무기, 성검 루드비히가 더 경이로워 보였다. 즉, 발록과 대등하게 싸운 것이 루드비히 본인의 힘이 아닌 '템빨'에 가까워 보였다는 것.

-아뇨, 제가 경이롭다고 말한 것은 육체적인 문제가 아닙니다.

"응? 그러면?"

-원혼. 이 육체에 깃든 영혼에서 어마어마한 한(恨)이 느껴집니다. 대체 얼마나 억울한 죽음을 맞이한 건지 상상할 수조차 없군요.

"……."

열기에 찬 발자하크의 말에 강우는 굳게 입을 다물었다. 그리고 무거운 표정으로 고개를 끄덕였다.

'그럴 만도 하지.'

루드비히의 신앙심은 진짜였다. 그는 악마에게 지배되어 죽어가는 그 순간에서조차 가디언즈에게 어서 도망치라고 말했을 정도로 올곧은 인간이었다. 그렇게 올곧은 성품을 지닌 성자를 사탄이 타락시킨 것이다.

그 과정에서 얼마나 끔찍한 일이 있었을지 상상하는 것은 어렵다.

'이렇게 당하고 있을 수만은 없다.'

언제까지 사탄에게 당하고만 있을 것인가.

강우는 주먹을 쥐었다.

'반격의 때다.'

굳은 결의가 마음에 새겨졌다.

투명한 얼음으로 가득한 거대한 공동. 그 중앙에 30여 미터 크기의 검은 구체가 일렁이고 있었다.

검은 구체의 일부분은 마치 칼로 도려낸 것처럼 잘려 나가 있었는데, 전신에 붕대를 한 여인이 거대한 검은 구체에 다가가 한쪽 무릎을 꿇었다.

"사탄 님."

──⋯⋯뭐냐.

검은 구체가 출렁였다.

사탄은 고통을 참아내듯, 신음을 흘렸다. 칼로 도려낸 것처럼 잘려 나간 일부분에서 검은 피가 흘러나오고 있었다.

"라파엘의 사도들이 지구로 넘어오고 있습니다."

-라파엘⋯⋯?

사탄은 의문스럽다는 듯 말을 이었다.

-루시퍼를 쫓기 위해서인가.

"아닙니다. 정확한 정황은 모르나⋯ 어떤 악마가 라파엘의 사도를 처참히 죽였다고 합니다."

-하.

사탄은 조소 섞인 목소리로 웃었다.

라파엘. 천계에 존재하는 4대 대천사 중 하나. 그 존재에 대해서는 사탄도 익히 알고 있었다.

-대체 어떤 멍청한 악마가 라파엘을 건드렸단 말인가?

사탄은 어이없다는 듯 웃었다.

"그래서 그 어비스 나이트라는 건 바로 만들 수 있는 거야?"

-음…… 좀 문제가 있긴 합니다.

루드비히의 시체를 살피던 발자하크가 입을 열었다.

강우는 눈살을 찌푸렸다.

"무슨 문제인데?"

-이 루드비히라는 자의 몸 안에 아직 성력(聖力)이 지나치게 많이 남아 있습니다. 시간이 지나 성력이 빠지길 기다려야 할 것 같습니다. 이대로는 작업을 할 수 없습니다.

발자하크는 곤란하다는 표정으로 말했다.

"흠."

강우는 짧은 침음을 흘린 후 누워 있는 루드비히의 시체를 향해 걸어갔다.

'성력이라.'

인간과 몬스터, 심지어 티리온과 같은 신성을 지닌 신도 사용하는 대자연의 기운, 마력.

구천지옥에서부터 파생된 파괴적인 기운, 마기.

그리고 그 마기와는 완전히 상반된 성질을 지닌 기운, 성력.

물론 세 가지 기운 모두 '힘'이라는 측면에서는 동일하다. 무언가를 파괴하고, 박살 낼 수 있는 것 또한 마찬가지. 성력을 무기에 담고 휘두른다고 해서 치유가 되거나 하는 일은 없다. 세 가지 기운 모두 그 성질이 다를 뿐 근본적인 부분에서는 에너지였으니까.

'어떻게 될까?'

강우는 흥미롭다는 듯 눈을 빛냈다.

마력의 경우 흡수한 이후 마기로 변환할 수 있는 특성, '마력을 탐하는 악마'를 가지고 있다. 하지만 이제까지 성력을 흡수해 본 적도, 다른 무언가를 통해 얻은 적도 없었다.

'성력도 마력처럼 마기로 변환할 수 있으려나.'

그렇다면 루드비히 정도 되는 강자의 성력을 흡수할 수 있다는 것은 희소식이었다.

-일단 육체 내의 성력이 자연스럽게 사라질 때까지 기달…….

"아니."

강우는 손을 뻗어 루드비히의 시체에 손을 올렸다.

그러자 그의 손에서 검은색 연기가 흘러나와 루드비히의 몸을 덮었다.

'포식의 권능.'

검은 연기에서 날카로운 이빨이 돋아났다. 정확히는, 짐승의 이빨이 아닌 빨판에 가까운 작고 무수한 이빨들. 루드비히의 육체에 직접적인 상처를 내지 않고 성력만을 빨아 먹기 위해 변형시킨 이빨이었다.

츄육.

김 빠지는 소리와 함께 눈에 보이지 않을 정도로 작고 긴 이빨들이 루드비히의 신체에 파고들어 그 몸 안에 있는 성력을 흡수한다.

우우웅.

루드비히의 몸에서 흰색 빛무리가 빠져나와 강우의 몸 안으로 흘러 들어갔다.

쿠드드득!

"크윽."

강우의 표정이 일그러진다.

성력이 흘러들어 온 곳을 따라 피부가 일그러지는 감각이 느껴졌다. 내부에서부터 몸이 타들어 가는 고통.

'마기가 반발하는 건가.'

강우는 가볍게 혀를 찼다.

서로 반발하는 기운이라면, 억지로 흡수할 수 없었다. 때문에 성력을 흡수하는 것을 멈추려 했다.

그때였다.

[성력 스탯이 1 상승합니다.]

"뭐?"

예상치 못한 메시지에 강우의 입에서 당황스러운 물음이 흘러나왔다.

'스탯이 올라?'

헛웃음이 흘러나왔다.

'아니, 뭐. 성력을 흡수했으니 스탯이 오를 수도 있긴 하겠지만.'

그래도 명색이 마왕인데 성력 스탯을 가지고 있는 것이 묘하게 느껴졌다.

'이걸 타락이라 해야 하나? 뭐라 해야 하지?'

천사가 마기를 지니면 타천사라 편히 부르면 되지만 그 반대의 경우에는 뭐라 불러야 할지 애매했다.

'뭐 어쨌든.'

중요한 것은 명칭이 아니다.

강우는 상태창에 추가된 성력을 바라보며 잠시 고민에 잠겼다.

'이걸 쌓아, 말아.'

독이 될 것인가 득이 될 것인가. 확신할 수 없다. 예상조차 가지 않는다.

마기가 반발하는 것은 사실이나 흡수하지 못할 정도로 격렬하고, 미친 듯이 반항하는 것은 아니다. 마기를 제어하면서 동시에 흡수한다면 성력을 흡수하는 것은 어렵지 않다.

'일단 흡수했을 때 어떤가 볼까.'

평소 상태, 즉 성력을 흡수하여 스탯으로 남은 이후 일상적인 상황에서 성력과 마기가 어떻게 반응하는지 확인해야 했다.

마기를 움직이는 데 방해까지 된다면, 굳이 손해를 감수하면서 성력을 가지고 있을 이유가 없다.

[성력 스탯이 1 상승합니다.]

[성력 스탯이 1 상승…….]

강우는 계속해서 루드비히의 성력을 흡수했다. 스탯 자체가 높지 않은 탓인지 성력이 빠른 속도로 올라가는 것이 보였다.

눈을 감고 마기를 제어했다.

끝이 보이지 않는 깊은 어둠에 한 줄기 빛이 흘러들어 오는 것이 느껴졌다. 빛 한 점 들어오지 않는 심해에서 스스로 발광하는 생명체를 만난 것 같은 기분. 신비롭고, 아름답다는 생각이 들었다.

'이게 성력인가.'

손을 들자, 작고 하얀빛이 모여들었다. 온화한 느낌과 함께 가슴이 붕 떠오르는 듯한 감각. 성스럽다는 부정확한 표현이 어울리는 기운이었다.

'이거 두르고 있으면 뭔가 엄청 대단해 보이겠는데.'

마기를 몸에 두르고 있으면 뭔가 파괴적이고 폭력적인 느낌이 든다면 성력은 그 반대. 온화하면서도 신뢰가 가는 분위기를 풍긴다.

'이거 쓸 만할 것 같은데.'

단순한 착시 현상에 가깝긴 했다. 그 존재의 성품이나 특징과는 무관한, 일종의 옷차림과 같은 것.

그런데 인간과 인간, 더 나아가 지성체 간의 관계에서 옷차림이 얼마나 중요한가를 생각하면 단순한 착시 현상에 불과하다고 폄하할 수는 없다.

사기꾼들이 깔끔한 차림에 외모를 하고 있는 이유를 생각하면 간단하다. 넝마에 가까운 옷차림을 하고 이 코인에 투자하라고 하면 누가 믿겠는가.

'물론 난 사기꾼이 아니지만.'

자신처럼 사기와 거리가 먼 인간이 있을까 싶을 정도로 애초에 선동과 날조, 사기와는 연관이 없는 인간이었다.

하지만 그것과는 별개로 이 성력이 도움될 것 같다는 것은 부정할 수 없는 사실. 앞으로 천사들과 우호적인 관계를 형성해야 한다는 것을 생각해도 성력은 필수적인 요소였다.

'마기의 지배자 특성만 믿고 있을 순 없으니까.'

마기의 지배자 특성은 마기를 '마력'처럼 느껴지게 만든다. 즉, 마기의 지배자 특성을 상용한다고 해서 성력과 같은 효과는 볼 수 없다. 특히 최근 성검의 힘으로 마기를 탐지할 수 있는 힘이 있다는 것도 증명된 마당에 성력은 여러모로 쓸모가 많았다.

'혹시 성력으로 인해 마기 탐지를 방해할 수 있을지도 모르니까.'

가능성 자체는 높지 않았다. 루드비히의 성력만으로 만마전이 지닌 마기를 감추는 사실상 불가능하다. 바다에 물 한 바가지를 뿌린다고 해서 강물이 되는 것은 아니니까.

다만, 마기의 지배자라는 유용한 특성과 함께 겹쳐졌을 때는 어느 정도 효과를 볼 수 있는 것도 사실.

'마기를 운용하는 데도 큰 지장이 없는 것 같고.'

가장 중요한 것은 이것. 마기를 의식적으로 제어하면 성력과의 충돌을 피할 수 있었다.

걸어 다니면서 천룡심법을 운용했던 것과 마찬가지. 마기를 일일이 제어하면 그 충돌은 완벽하게 피할 수 있었다.

-지, 지금 성력을 흡수하신 겁니까?

발자하크는 있을 수 없는 광경을 봤다는 듯 당혹스러운 목소리로 물었다.

"아, 응."

고개를 끄덕였다.

발자하크가 저 정도로 놀라는 이유가 잘 이해되지 않았다.

'마기를 조금만 제어할 줄 알아도 성력과 마기를 동시에 가지는 건 어렵지 않은데.'

아마 발자하크만 하더라도 이 정도 마기 제어는 어렵지 않게 알 수 있다는 생각이 들었다.

-대체 무슨… 그건 게 가능할 리가…….

그럼에도 발자하크는 혼란스럽다는 듯 두개골에 손을 올렸다.

강우는 고개를 갸웃거리며 루드비히의 시체에 다시금 손을 올렸다.

"그럼 일단 성력을 다 빼놓을게."

-잠…….

발자하크의 말이 이어지기 전에, 포식의 권능이 다시금 루드비히의 몸을 덮었다. 가늘고 기다란 이빨이 루드비히의 몸속으로 파고들었다.

"하아."

열기를 띤 숨이 입에서 흘러나왔다.

마기를 제어하며 성력을 받아들이는 것은, 딱 뇌에 좋은 자극을 주는 정도의 난이도였다.

'이거 꽤 재밌네.'

밸런스가 잘 짜인 퍼즐 게임을 플레이하는 기분이랄까.

강우는 씨익 웃으며 성력을 몸 안에 받아들였다.

[성력 스탯이 1 상승합니다.]

[성력 스탯 73에 도달하였습니다.]

'73이라.'

일견 높아 보이는 수치처럼 보이지만 그렇지 않다.

'흡수하는 과정에서 성력이 대부분 소멸한 건가.'

단순 스탯으로 환산하면 루드비히의 성력 스탯은 어렵지 않게 100을 넘겼을 것이다. 스탯이 높아지면 높아질수록 1의 차이가 크다는 것을 생각하면 73이라는 성력 스탯은 결코 높지 않다.

'뭐, 어쩔 수 없지.'

애초에 포식의 권능은 마기를 흡수할 때도 100% 흡수하지 못한다. 처음 먹어보는 성력을 온전히 흡수할 수 있을 리가 없다.

'잠깐 좀 실험을 해볼까.'

성력과 마기를 동시에 다루면 어떤 느낌일지 궁금해졌다.

강우는 왼팔을 들어 올렸다. 그리고 왼팔에 마기를 맺은 후, 그와 동시에 성력을 사용했다.

쿠구구구구구궁!!!

연구실이 진동했다.

두 기운이 화학 작용을 일으키듯 어마어마한 에너지를 뿜어내며 날뛰기 시작했다.

"크윽."

신음이 흘러나왔다.

왼팔의 피부가 갈라지며 검은 피가 튀어 올랐다.

그리고 일순.

'회색?'

이제까지 단 한 번도 본 적 없는 회색의 기운이 왼팔에 맺힌 것이 보였다.

그러나, 그 회색 마력에 대해 인지하기도 전에, 무시무시한 격통이 왼팔을 짓이겼다.

"이런 씨바."

'졸라 아프잖아.'

고통에 익숙한 강우조차 감당하기 힘든 격통이었다.

그는 즉시 마기를 제어해 성력과의 충돌을 피했다.

'두 기운을 섞는 건 힘든가.'

방금 전 보았던 회색 기운에 대해서 궁금하긴 하나 함부로 섞을 수 없다는 생각이 들었다.

'아파 뒤지겠잖아.'

고통이 감당하기 힘들 정도였다.

강우는 마기를 제어해서 성력과 섞이는 것을 막았다.

-허… 방금 그건 무엇……. 저, 정말 루드비히의 성력을 모두 흡수하신 겁니까?

발자하크가 믿을 수 없다는 듯 입을 벌렸다.

"뭐, 딱히 어려운 건 없던데?"

-무슨 말씀이십니까. 성력은 마기와 충돌하는 기운입니다. 마기를 일일이 제어하지 않는 이상 충돌을 피할 수 없…….

발자하크의 말이 끊어졌다.

그의 몸이 덜덜 떨리기 시작했다.

-설마 마스터… 이제까지 마기를 모두 일일이 제어하고 계셨던 겁니까?

"어? 당연한 거 아냐? 원래 다 그러잖아."

강우는 무슨 소리를 하냐는 듯 물었다.

마기는 지극이 파괴적인 기운이다. 만마전에 담긴 기운은 너무 거대하여 제어할 수 없지만 적어도 당장 사용할 수 있는 마기는 언제나, 잠든 그 순간에도 모두 제어하고 있었다. 그렇게 하지 않으면 만마전에 모조리 집어삼켜져 죽는다.

–…….

발자하크가 굳게 입을 다물었다.

마기를 일일이 제어한다니? 대체 그게 무슨 개소리란 말인가.

'어떻게 그게…….'

몸 안에 흐르는 혈액을 세포 단위로 컨트롤하는 것과 마찬
가지인 짓이었다.

'뭐지 대체.'

발자하크는 전율했다. 그리고 그의 주인을, 어리둥절한 표
정으로 고개를 갸웃거리고 있는 강우를 바라보았다.

'뭐야 이 괴물은?'

불가해(不可解)의 존재.

그를 마주한 발자하크의 뼈에 짙은 공포가 낙인처럼 새겨
졌다.

◆ 8장 ◆
사랑의 조언

"어디 보자……."

강우는 김시훈을 통해 받은 서류를 들었다. 서류에는 최근 가디언즈의 정황과 세계 각국의 움직임, 몬스터에게 점령당한 미수복 지역의 복구 작업등에 대해 상세히 적혀 있었다.

"중국이랑 일본은 거의 복구했네."

중국의 상하이, 일본의 삿포로 등 SS급 게이트의 존재로 인해 사람이 살지 않는 유령 지역이 존재했는데, 가디언즈의 규모가 세계적인 단체로 커지면서 이러한 미수복 지역의 복구에 박차를 가하고 있었다.

사실 격변의 날 이후 지구 전체의 인구가 절반 가까이 줄어들면서 굳이 미수복 지역의 토지를 탐할 필요는 없었다.

'하지만 레벨 업이 문제지.'

규모가 커진 만큼 어중이떠중이도 많이 들어온 가디언즈를 폭발적으로 성장시키기 위해서는 가장 위험한 지역으로 내몰 필요가 있었다. 고작 몬스터 정도의 위협을 감당하지 못해서는 악마와의 싸움에서 인류는 아무런 쓸모가 없어질 테니까.

"그다음."

서류를 넘기자 지금 그가 가장 주시하고 있는 정보에 대해서 적혀 있었다.

라파엘의 사도, 빛의 감시자들의 움직임.

"······아직인가."

현재 가디언즈와 협력하지 않고 독자적으로 루드비히를 타락시킨 악마를 찾고 있는 빛의 감시자들. 그들은 아직 본격적인 움직임을 보이지 않고 있었다.

'적극적으로 움직여 줬으면 하는데 말이야.'

사탄의 세력을 갉아먹기 위해서라도 빛의 감시자들의 도움이 필요했다.

하지만 그들은 무엇을 기다리고 있는지, 아니면 다른 루트로 조사를 하고 있는지 큰 움직임을 보이지 않고 있는 상황.

'천사를 기다리는 건가.'

강우의 눈이 가늘어졌다.

빛의 감시자들이 큰 움직임을 보이지 않고 있는 이유. 아마 성검의 주인, 루드비히를 타락시킨 주범인 사탄을 상대하기 위해서는 지금 그들만의 힘으로는 부족하다고 생각했을 가능성이 컸다.

'지금 놈들이 조사대라면.'

머지않아 천사로 이루어진 본대가 온다. 대천사 중 하나라는 라파엘까지 올 수도 있을 것이다.

"뭐… 일단 천사가 오길 기다려 볼까."

천사는 가디언즈와 함께 예언의 악마, 사탄과 싸워야 하는 중요한 아군이다. 그들이 오지 않은 상황에서 사탄과 싸우는 것은 미련한 짓.

'설사 싸워 이길 수 있다고 해도.'

비용과 변수의 문제. 굳이 혼자 힘으로 사탄을 상대할 필요가 없다.

'거기다가.'

사탄은 신성을 가지고 있었다. 대체 어디서 신성을 얻어낸 건지는 알 수 없지만, 예상 못 할 변수에 대해서는 대비하는 것이 옳다.

똑똑.

한창 서류를 읽고 있을 때, 누군가 방문을 두드리는 소리가 들렸다.

입가에 절로 함박 미소가 지어졌다.

'임자아아아아아!!'

강우는 크흠, 하고 헛기침을 흘리며 문을 열었다. 김이 모락모락 피어오르는 커피를 든 한설아의 모습이 보였다.

"많이 바쁘신가요, 강우 씨?"

"아니. 당장 할 일은 다 끝났어."

서류 검토를 제외하면 딱히 천사가 오기 전까지 할 일은 없었다.

할 일이 끝났다는 말에 한설아의 입가에 활짝 미소가 지어졌다.

"저, 그, 그러시면……."

"잠깐 바람이라도 쐬러 나갈까?"

"아… 조, 좋아요!"

한설아가 다급히 고개를 끄덕였다.

어색하지만 풋풋한 분위기. 강우는 태어나 처음 겪는 이 간질간질한 분위기를 즐겼다.

'돌아와서 진짜 다행이야.'

지옥에 있었다면 영원히 이런 기쁨은 누릴 수 없었을 것이다.

"어디 갈래? 수호의 전당을 통하면 어지간한 외국도 바로……."

"아뇨. 그냥 근처 공원을 걷고 싶어요."

"공원? 굳이 거기 말고도 어디든지……."

물리적인 거리나 금전적인 것은 아무런 문제가 되지 않는다.

지금 강우가 지닌 재력은 세계에서도 손에 꼽을 수 있는 수준. 최고급 호텔이건 별 세 개짜리 레스토랑이건 어디든 갈 수 있었다.

"후훗. 괜찮아요. 그건 다음 기회에 가요."

한설아는 밝게 웃으며 살며시 강우의 손을 잡아끌었다.

문을 열고 밖으로 나가자 서늘한 밤공기가 뺨을 스쳤다.

둘은 잡담을 하며 아파트 근처의 공원을 걸었다.

딱히 중요한 얘기를 한 것은 아니었다. 에키드나에 대한 얘기, 최근 보는 TV 프로와 어딜 가보고 싶은지에 대한 얘기.

평소 발록, 리리스와 있을 때와는 전혀 다른 주제에 몸이 한결 가벼워지는 기분을 느낀 강우의 입가에 절로 미소가 지어졌다.

'이게.'

기나긴 세월을 지옥에서 버텨온 이유가 아니었을까 하는 생각까지 들 정도.

"잠깐 어디 앉을까?"

"아, 예."

앉을 만한 벤치를 찾아 고개를 두리번거렸다. 하지만 저녁 타임의 공원은 가족과 연인, 학생들로 가득했다.

'공포의 권능.'

강우는 아주 살짝, 권능을 일으켰다. 그러자 공원에 있던 사람들의 표정이 갑자기 창백하게 질리더니 이내 도망치듯 공원을 빠져나갔다.

만족스러운 미소가 입가에 지어졌다.

"……갑자기 사람들이 없어졌네요."

"그러게."

어깨를 으쓱이며 능청스럽게 답했다.

한설아는 그 범인이 누구인지 대충 짐작이 간다는 듯 한숨을 내쉬었다.

둘은 벤치에 앉았다. 고요한 적막이 내려앉았다.

"그러고 보니 강우 씨는 어디 가보고 싶으신 곳 없나요?"

"글쎄. 아는 게 없어서……."

유흥이라는 걸 해봤어야 뭐 하고 싶고 말고가 생길 것 아닌가. 유흥이라고는 먹는 것과 무료 웹소설, 만화를 보는 것 외에는 없었던 강우에게 딱히 가보고 싶은 곳은 없었다.

"저랑 같으시네요."

한설아는 가볍게 웃었다. 그녀 또한 힘겨운 학창 시절을 보낸 탓에 유흥에는 전혀 익숙하지 않았다.

"……전에 강우 씨랑 디×니 랜드에 같이 가보고 싶었는데 말이죠."

"……."

그녀는 가늘게 눈을 뜨며 강우의 옆구리를 꼬집었다.

일본에서의 기억을 떠올린 강우가 굳게 입을 다물었다. 마땅한 변명을 찾기 힘들었다.

"나중에 같이 가주실 거죠?"

"……물론입니다."

"헤헤."

한설아는 배시시 웃으며 손을 뻗어 강우의 팔을 조심스럽게 끌어안았다.

팔을 타고 전해지는 부드러운 감촉.

'세상에 씨바.'

강우의 눈이 부릅떠졌다. 동공이 흔들렸다.

한설아는 살짝 고개를 기울여 그의 어깨에 머리를 기댔다.

"잠깐만 이렇게 있어요."

'영원히 이렇게 있어도 됩니다.'

강우는 꿀꺽 침을 삼켰다. 이런 달달한 분위기가 무척 낯설고 어색하게 느껴졌다.

'시바, 뭐 알아야 대처를 하지.'

그에게 지난 만 년의 삶은 살육과 전투의 삶이었다. 지구로 온 이후도 그 삶은 계속해서 이어지고 있다. 이런 일은 알지도, 경험하지도 못했다.

'어떻게 해야 하지?'

머릿속이 복잡했다.

'이제 결혼 날짜를 잡으면 되는 건가?'

아무래도 결혼밖에는 선택지가 없을 것 같았다.

'제기랄. 아직 반지 안 샀는데.'

강우는 자신의 안일한 준비성을 자책했다. 초조함이 밀려
왔다.

'신혼여행은 어디로 가야 하지? 하와이? 자식 교육은 어떻게
시켜야 하지? 초등학교는 사립으로 보내는 게 좋나?'

"강우 씨?"

"아냐. 사립은 아니야. 역시 초등학교는 평범하게 공립으로
보내는 게 좋을 것 같아."

"……예?"

"그래……. 그 SNS인가? 요즘 그거 안 하면 왕따 당한다는
데 스마트폰은 언제쯤 사주면 좋을까?"

"무슨 소리 하시는 거예요?"

"주택 연금은 지금부터 넣는 게 좋겠지?"

"저기요? 강우 씨?"

한설아는 혼란에 빠진 강우의 눈앞에 손을 흔들었다.

하지만 닿지 않았다.

'갑자기 왜 이러시는 거지…….'

한설아는 난처한 표정으로 강우를 바라보았다.

그는 무서운 표정으로 계속해서 노후니 육아니 하는 단어를 중얼거리고 있었다.

"으음."

난처한 표정으로 그를 바라보던 한설아는 이내 강우의 팔을 조금 더 세게 끌어안았다. 그러자 따듯한 온기가 가슴을 타고 전해졌다.

"헤헤헤."

자연스럽게 웃음이 흘러나왔다. 지난번 자폭에 가까운 고백이 성공한 이후 하루하루가 꿈만 같았다.

'같이 있을 시간이 많지 않아서 좀 아쉽지만……'

그래도 좋아하는 사람과 이어진다는 것이 얼마나 기쁜 일인가.

그녀는 자신을 손을 내려다보았다.

'나도 더 분발해야지.'

단순히 그의 보호만을 받으면서 함께 있고 싶지 않았다. 강우의 어깨에는 이 세계의 명운이 걸려 있었으니까.

'조금이라도.'

그 무거운 짐을 덜어주고 싶었다.

한동안 강우의 어깨에 머리를 기대고 있던 한설아는 이내 끌어안았던 팔을 풀었다. 마음 같아서는 계속 이렇게 있고 싫었지만, 슬슬 돌아가야 했다. 그녀 나름 개인적으로 수련하고 있는 스킬이 있었으니까.

"강우 씨."

강우는 아직 무언가를 중얼거리며 혼란에 빠져 있었다.

한설아는 가볍게 뺨을 부풀리더니 주먹을 꽉 쥐었다.

'이, 이럴 때는.'

조금 적극적으로 나가는 것이 해답이라는 것은 얼마 전 일로 깨달았다.

한설아는 고개를 두리번거리며 주변을 확인하더니 이내 깊게 심호흡했다. 그러고는 고개를 들어 강우의 입술 옆에 가볍게 입을 맞췄다.

"조, 조금 정신이 드셨나요?"

"……."

한설아는 새빨갛게 달아오른 얼굴로 그의 시선을 피했다.

"슬슬 돌아가요."

강우는 고개를 끄덕였다.

둘은 공원을 지나 아파트 입구에 도착했다.

"먼저 올라가세요."

"왜? 뭐 들릴 곳이라도 있어?"

"아뇨. 그냥 조금 더 바람 쐬고 싶어서요."

한설아는 붉게 달아오른 얼굴에 부채질하며 말했다.

강우는 잠시 고민하더니 이내 먼저 아파트 안으로 들어갔다.

"휴우."

한설아는 화끈거리는 뺨에 손을 올린 채 숨을 내쉬었다. 입술에 남아 있는 감촉이 짜릿하게 몸을 전율시켰다.

저벅, 저벅.

발소리가 들렸다.

그녀가 소리가 들리는 곳으로 고개를 돌렸다.

"……다행이네요."

발소리의 주인은 희미한 미소를 지으며 말했다. 쿠로사키 유리에, 아니, 정확히는 그녀의 몸 안에 들어간 리리스였다.

"아……."

한설아는 침음을 흘렸다.

리리스. 그녀와 강우의 오랜 관계에 대해서는 익히 알고 있었기에 마음이 무거워졌다.

"축하드려요. 마왕님의 마음을… 얻으셨네요."

"……."

"후훗, 비법이라도 알고 싶을 정도예요."

리리스의 웃음. 그 안에 담긴 짙은 감정을 느꼈다.

한설아는 망설였다.

사실 리리스에게 무언가 말할 것은 없었다.

단순한 문제다. 자신은 성공했고, 그녀는 실패했다.

그것뿐.

'하지만……'

머릿속이 복잡했다.

리리스는 천 년이라는, 헤아리기도 아득한 시간을 강우와 함께 있었다. 그런 그녀의 감정을 어찌 무시할 수 있겠는가. 머릿속이 복잡했다.

오랜 고민 끝에, 한설아는 입을 열었다.

"조, 조금 더 적극적으로 나가는 게 좋을 것 같아요."

"예?"

"저도 그렇게 했거든요."

한 발짝 앞으로 내딛는 것. 그것으로 강우의 마음을 확인할 수 있었다.

'아마 리리스 씨는 굉장히 소극적이셨을 거야.'

예전의 자신처럼.

그렇지 않다면 저렇게 아름답고, 한결같은 여인의 마음을 강우가 몰라줬을 리는 없었다.

"더 적극적으로… 말인가요?"

"예. 진심으로, 자신의 모든 것을 보여준다는 느낌으로 가시면 더 좋을 거예요."

"호오."

리리스의 눈이 빛났다.

한설아는 그녀의 손을 잡았다. 참으로, 아름다운 손이었다.

"솔직히 지금도 잘 모르겠어요. 이게 옳은 일인지. 하지만 리리스 씨가… 저번에 해주신 말씀 있죠? 강우 씨의 상처를 치유하고 싶다고. 그게… 그… 저 혼자서는 자신이 없어요. 저는……."

강우 씨의 과거를 모르니까요.

한설아는 힘겹게 그 말을 입에 담았다.

강우에게 몇 번 물어봤지만. 그는 지옥에서 있었던 일들에 대해 말하는 것을 의도적으로 피했다.

"설아 씨……."

"리리스 씨도 꼭… 그 마음을 전하셨으면 좋겠어요."

한설아는 방긋 웃었다.

"지금보다 더욱 적극적으로, 솔직한 리리스 씨의 마음을 보여주면 강우 씨도 알아줄 거예요. 아, 맞다. 예전에 본체의 모습으로도 돌아가실 수도 있다고 하셨죠? 지금도 무척 아름다우시지만… 그 모습이라면 강우 씨가 더욱 좋아할 거예요."

"아……."

"저도 응원할게요."

리리스는 가늘게 몸을 떨고는 한설아를 끌어안았다.

"고마워요. 더욱 적극적으로… 그렇군요. 맞아요. 제가 이제까지 너무 기다리기만 한 것 같네요."

리리스의 입가가 올라갔다.

기다란 흑발이 공중으로 떠올랐다.

"저도 설아 씨처럼, 용기를 내서 한 발짝 내딛을게요."

공중으로 떠오른 머리칼이 녹색 촉수로 변하기 시작했다

"하아, 하아, 하아."

거친 숨이 흘러나왔다. 식은땀에 옷이 젖어 들어갔다.

어둠 속에서 한 인영이 어마어마한 속도로 쏘아졌다.

쾅!

건물의 문을 거칠게 열자 비정상적으로 높은 천장을 가진 내부의 모습이 보였다.

-마왕님?

넓은 공간에서 개인 수련을 하고 있던 발록이 고개를 갸웃거렸다.

"잠깐 나 좀 숨겨줘."

-무슨 일이십니까?

"뭔가… 뭔가 불안해."

강우는 딱딱하게 굳은 표정으로 말했다.

설아와 함께 집에 들어온 후, 김시훈에게 받은 서류를 다시 한번 검토하고 잠자리에 들려고 했을 때였다.

질척한 점액이 흘러나오는 소리. 무언가 벽을 타고 꾸물거리며 다가오는 소리에 그는 다급히 자리에서 일어섰다.

'익숙해.'

아주 익숙한 불길함. 예언에 가까운 직감이 어서 빨리 도망치라고 말했다.

강우는 주저 없이 집을 빠져나와 발록이 사는 근처 건물로 달려왔다.

-하하하! 지옥에서도 몇 번 이러시더니, 하 참 마왕님도……

발록은 씨익 웃으며 다가왔다.

'웃지 마, 무서워.'

강우에게 다가온 발록이 거대한 손으로 그의 등에 손을 올렸다.

-제가 보고 싶었으면 보고 싶다고 말씀하시면 될 것을…… 왕의 부름이라면 이 발록, 어디든 찾아가겠습니다.

'뭔 개소리를 하는 거야.'

강우는 어처구니없다는 듯 입을 벌렸다.

발록은 강우가 자신을 찾아와 줬다는 것에 만족한 듯 이불 크기의 수건으로 몸을 닦았다.

"하아."

무언가 말하려 했던 강우였지만 이내 피곤하다는 듯 한숨을 내쉬었다.

고개를 둘러 주변을 살폈다.

'무슨 걸리버 여행기 보는 것 같네.'

5미터에 달하는 발록의 거구에 맞춰 특수 제작한 가구들. 그런 가구들이 방 안을 가득 채우고 있으니 뭔가 거인국에 온 소인이 된 기분이었다.

강우는 가볍게 발을 박차 어마어마한 크기의 소파에 올라탔다.

"뭐 불편한 건 없나?"

지나가는 듯한 어투로 물었다.

발록은 씨익 웃었다.

-없습니다.

"……그래도 혼자 지내기 불편할 거 아냐."

지옥에서는 발록을 따르는 수많은 부하들이 있었다.

하지만 이곳은 지구. 그를 따를 부하도, 함께 얘기할 동료도 마땅치 않았다. 악마라고 감정이 없는 것은 아니었으니 외로움을 느끼기도 할 것이다.

-훗차.

발록이 소파에 앉았다. 소파가 출렁이며 강우의 몸이 순간

공중으로 떠올랐다.

그는 나지막이 입을 열었다.

-괜찮습니다. 그래도 이곳에는 마왕님이 계시니까요.

"……."

-마왕님이 없었던 지옥이 더욱 괴롭게 느껴졌습니다.

"……왜?"

이해할 수 없었다. 강우가 사라졌다면 사실상 이인자인 발록이 마왕군을 통치했을 것이다.

'실질적으로 발록이 마왕의 역할을 했겠지.'

대공도 모조리 죽었으니 고대 마물을 제외하고는 마왕의 자리를 위협하는 존재는 없다. 구천지옥 전체를 통제할 수 있는 권력을 가지게 된 것이다.

그럼에도 지옥이 괴롭게 느껴졌다는 것은 이해하기 힘들었다.

-마왕님이 없었으니까요.

'이 새끼 소름 돋게 왜 그래.'

태연히 대답하는 발록의 모습에 피부 위에 소름이 달렸다.

강우는 꺼림칙하다는 듯 거리를 벌렸다.

발록은 무언가 생각났다는 듯 손뼉을 쳤다.

-아, 맞아. 마왕님 이거 한번 드셔보시는 건 어떻습니까?

뚜벅뚜벅 걸어간 그는 거대한 냉장고의 문을 열어 그 안에서 은색 통을 꺼냈다.

"……생맥주?"

가게에서 사용하는 대형 생맥주 통이었다.

발록은 고개를 끄덕이며 거대한 통 두 개를 들고 왔다.

-전에 인간들과 함께 짐승의 시체를 구워 뜯어 먹는 피의 만찬을 즐기지 않았습니까?

"설마 피크닉 때 바비큐 말하는 거냐."

-오오, 그 잔혹한 행위를 바비큐라고 부르는군요. 사냥감의 사체를 웃고 즐기며 구워 먹다니……. 인간들도 만만치 않더군요.

"아니 그게… 그렇게 생각하면 또 맞는 말은 맞는 말인데……."

-여하튼 그곳에서 이 맥주라는 것을 처음 마셔봤습니다. 입천장을 탁 쏘는 것이… 지옥에서는 경험할 수 없는 신기한 맛이더군요.

"너 맛도 느낄 수 있었냐."

강우는 놀랍다는 듯 물었다.

악마의 미각은 거의 퇴화되어 있었다. 일단 먹고 마시는 것이 필요치 않으니 애초에 미각이 존재할 이유가 없었기 때문이었다. 그들이 시체를 뜯어 먹는 이유는 승리의 세리머니 같은 거지 식사가 필요해서가 아니다.

-크크크. 마시다 보니 나쁘지 않더군요. 아직 마왕님께서 그렇게 좋아하시는 김치찌개의 맛은 모르겠지만…….

"감히 김치찌개를 모욕하는 거냐."

-하하하! 죄송합니다.

밝게 웃는 발록의 모습. 강우는 간만에 느끼는 과거의 잔향에 희미한 미소를 지었다.

아직 구천지옥에 있던 시절. 대공들과의 기나긴 전쟁의 중간중간 발록과 나누던 실없는 대화는 꽤나 즐거웠다.

콰득. 푸쉬쉬쉬쉬!!!

'어, 시바.'

발록이 생맥주 통의 입구를 손으로 쥐어뜯었다. 그러자 탄산이 빠지는 소리와 함께 맥주가 흘러넘쳤다.

발록이 거대한 맥주 통을 들어 강우에게 내밀었다.

-인간들은 이렇게 하더군요. 크흠. 건⋯⋯.

"건배고 나발이고 이거 바닥 어쩔 거야."

-아, 괜찮습니다. 내버려 두면 발자하크가 나중에 와서 치웁니다.

"아니, 우리 발자하크에게 어떻게 그런⋯⋯."

-흐흐. 서열상 제가 위 아닙니까. 그리고 누구한테 배웠는지 발자하크도 집안일에 아주 익숙하더군요.

"타고난 거겠지."

발록은 크하하, 폭소를 터뜨리더니 다시금 위가 뜯겨 나간 생맥주 통을 내밀었다.

강우는 한숨을 쉬며 손가락을 튕겼다. 그러자 빙결의 권능이 발동하며 맥주잔의 형태로 차가운 얼음 잔이 만들어졌다.

대충 맥주를 옮겨 담고 잔을 들었다.

짠.

뜬금없이 벌어진 술판.

앞으로 있을 전투와는 전혀 상관없는 일이었지만, 쓸데없는 일을 한다는 기분은 들지 않았다.

굉장히 오랜만에 발록과 처음 만났을 때의 기억이 떠올랐다.

"캬하! 시원하니 좋네. 뭐 안주로 먹을 건 없냐?"

-원하시면 지금 당장에라도 악마교를 습격해서 악마의 머리통을……

"아니다. 시바, 내가 너랑 무슨 말을 하겠냐."

강우는 고개를 저으며 맥주를 들이켰다. 탄산이 목구멍을 긁으며 들어가자 시원한 감각과 함께 아까 전에 느꼈던 불길함이 쓸려 내려갔다.

-이렇게 있으니 옛날 기억이 떠오르는군요.

"옛날 기억?"

-예. 마왕님과 처음 만났을 때 기억 말입니다.

"……"

공교롭게도 발록이 자신과 같은 생각을 하고 있었다는 사실에 강우는 굳게 입을 다물었다.

처음 그와 나눴던 대화가 머릿속에 떠올랐다.

'나는 발록이라 한다.'
'인간 하나가 구천지옥까지 올라오고 있다는 소문이 진짜였군.'

고개를 들었다. 맥주 통을 손에 쥔 채 벌컥벌컥 마시고 있는 그의 모습이 보였다.

'부탁할 것이 있어 너를 찾아왔다.'
'나를… 죽여다오.'

상처투성이의 몸. 악마라고는 볼 수 없는, 죽은 생선과도 같은 어두운 눈빛.

곧 기억이 끊어졌다.

강우는 굳게 입을 다문 채 술을 들이켰다. 씁쓸한 맛이 입 안에 퍼졌다.

-그때 마왕님의 대답이 아직도 기억납니다.

"그러냐? 난 하도 오래된 거라 기억이 안 나는데."

-분명 '어디서 괜히 사연 많아 보이는 척 똥 싸지 말고 꺼져'라고 말씀하셨죠.

"에이, 설마 내가 그런 심한 말을 했을까 봐."

-사실 좀 더 알 수 없는 욕설이 많이 들어갔었습니다. 당시에는 한국어를 몰라 악마어밖에 듣지 못했던지만요.

"……."

침묵이 내려앉았다.

크흠, 강우는 헛기침을 흘리며 시선을 피했다.

'이상하다. 내가 그랬을 리가 없는데.'

과거의 기억은 날조되기 쉽다고 했던가.

강우는 고개를 저으며 생맥주 통에서 다시 맥주를 폈다.

쩽.

그리고 발록과 다시 잔을 마주쳤다.

'이런 것도 나쁘지 않네.'

과거의 추억 팔이를 하며 술을 기울이는 것. 설마 발록과 이런 일이 있을 줄은 몰랐지만 나쁘지 않은 기분이었다.

'언젠가 모든 일이 끝나면.'

이런 나날이 계속될까.

그런 생각을 하며 술을 들이켰다.

-마아아아아왕니이이이임~~

"아니."

-흐으으으윽. 마왕님. 제가 마왕님이 없는 동안 얼마나 외로웠는지 아십니까?

"왜 씨바 악마가 술에 취하는 거야."

-취하다뇨? 크하하하! 설마 이 발록이 고작 이런 술 따위에 취할 것 같습니까?

"취했잖아 새끼야!!"

-에이, 자 이것 보십쇼. 걸음걸이도 똑바르지 않습니까?

콰직!

그의 발에 짓밟힌 테이블이 박살 났다.

발록은 탄탄한 근육으로 뒤덮인 팔로 강우를 끌어안았다. 강우가 오기 전 개인 수련을 하고 있었기 때문일까, 무시무시한 땀 냄새가 강우를 덮쳤다.

"허업."

숨이 쉬어지지 않는다.

달칵.

"발록, 혹시 강우 형님 어디 있는지 봤어? 설아 씨한테 물어봤더니 갑자기 자리를 비웠다고……."

문이 열리고 김시훈이 들어왔다.

김시훈은 강우를 끌어안은 발록을 보며 딱딱하게 표정을 굳혔다.

"시훈아 도와……."

강우는 애처롭게 손을 뻗었다.

김시훈의 몸이 가늘게 떨렸다.

"발록… 네놈……."

섬뜩한 살기가 피어올랐다.

'도와줘 시훈아.'

강우는 몸에 엉겨 붙은 발록을 밀어내며 희망에 찬 눈으로 김시훈을 바라보았다.

"어떻게 그렇게 부러… 아니, 무례한 짓을……."

'시훈아?'

"무기를 들어라, 발록."

'뭔 개소리야.'

"결투다."

'아니 저기요.'

-크하하하! 좋지!

'좋긴 뭐가 좋아.'

쿵.

발록이 자리를 박차고 일어났다.

-누가 더 왕의 수하로 어울리는지 승부다, 인간.

"바라던 바다."

'그만해 이 미친놈들아.'

강우는 미쳐 돌아가기 시작한 상황에 머리를 움켜쥐었다.

그때였다.

찌거억.

점액질이 흘러내리는 소리가 들렸다.

강우의 얼굴이 새파랗게 질렸다.

"호호호호. 어디 가셨나 했더니, 여기 있으셨네요."

"아……."

"저, 설아 씨에게 오늘 조언을 하나 들었습니다. 그렇군요……. 제가 이제까지 소극적이었던 게 문제였어요."

"뭐? 소극적? 네가?"

"예. 앞으로는 더욱 적극적으로 제 사랑을 마왕님에게 전해드려야 한다는 사실을 깨달았어요."

"아니야. 그런 거 아니야."

"자, 이리 오세요. 나의 사랑하는 님이여."

리리스가 그를 끌어당기고 발록과 김시훈이 무기를 꺼내 들고 격돌하기 시작했다.

곧 거대한 진동과 함께 발록이 지내던 건물 전체가 뒤흔들렸다.

'모든 일이 끝나도 이런 날이 계속된다고?'

헤어 나올 수 없는 악몽에 빠져든 감각.

강우는 몸을 휘감는 촉수에서 벗어나 다급히 몸을 움직였다. 그리고 발록의 집 내부에 있는 발자하크의 비밀 연구실로 향하는 문에 손을 올렸다.

-지잉. 지문을 스캔합니다.

-오류. 오류.

-장비를 정지합니다.

-정지하겠습니다.

"뭐, 뭐야. 안 열리잖아?"

지문을 스캔하는 장비에 낀 알 수 없는 점액질 때문에 문이
열리지 않았다.

"문을 열 수가 없어!"

찔꺼억

"아, 안 돼!"

도망치는 그를 옭아매듯, 촉수가 몸을 휘감았다.

"이건 미친 짓이야. 나는 여기서 나가야겠어. 안 되잖아?"

으아아아아아아아!

◆ 9장 ◆
진실은 꺼지지 않는다

"천사들이 도착했다고요?"

"예. 방금 전 계시가 내려왔어요."

가이아는 고개를 끄덕였다.

그녀의 긴급 호출로 수호의 전당에 모인 가디언즈. 회의실을 둘러싸고 김시훈과 그레이스, 차연주와 천무진 등 가디언즈의 핵심 멤버들이 모였다.

김시훈이 손에 든 서류를 돌렸다. 서류에는 지도가 그려져 있었고 빛의 감시자들의 대략적인 움직임에 대해 표시되어 있었다.

"저희가 주시하고 있던 빛의 감시자들도 갑자기 움직임을 보였습니다."

"다들 아프리카에 본진을 만들기로 작정한 것 같네."

서류를 살피던 차연주가 말했다.

김시훈은 고개를 끄떡였다.

"예. 루시퍼와 사탄의 교전이 일어났던 장소에 진지를 구축하고 있습니다. 아무래도 사탄과의 장기전까지 생각하고 있는 모양입니다."

"사진 보니까……. 이건 뭐 진지가 아니라 요새를 짓는 것 같은데?"

서류를 뒤적이던 차연주가 헛웃음을 흘렸다.

천사들이 넘어오기 시작하면서 빛의 감시자들은 본격적인 움직임을 보이기 시작했다.

"이거 어떻게 만들고 있는 거야? 빛의 감시자들 다 합쳐봐야 100명도 안 되는 것 같던데."

"천사들도 요새를 짓는 데 도움을 주고 있고… 결정적으로 사진에서 이거 보이십니까?"

"뭐야, 이 돌덩어리는?"

"아마 마법적인 장치로 움직이는 골렘이라고 생각합니다. 저 골렘을 이용해서 대규모 진지를 구축 중이에요."

"음……. 근데 처음 루드비히가 왔을 때 루시퍼를 추적한다고 하지 않았어?"

차연주가 이해할 수 없다는 듯 고개를 갸웃거렸다.

추적이 목적이라고 보기 힘든 규모의 병력이다.

"목적이 바뀌었겠지."

강우가 답했다.

"루시퍼보다 예언의 악마가 더 시급하다고 생각한 것 같네."

"확실히……"

차연주가 고개를 끄덕였다. 지금 이 정도로 병력을 투입하는 것을 보면 예언의 악마를 더 중시한다고밖에 생각할 수 없었다.

"그래도 굳이 저 장소에 진지를 구축하고 있는 걸 보면 루시퍼의 추적을 포기했다고도 보기 힘들 것 같습니다."

"일단 천사의 목표는 모든 악마의 박멸… 이라고 생각해도 좋을 것 같군요."

"그럼 우리야 좋은 거 아냐?"

회의가 이어졌다.

대부분은 강우가 알고 있던 내용이었기에 딱히 새롭게 얻을 수 있는 정보는 없었다.

"문제가 있습니다."

가이아가 입을 열었다.

"오늘 내려온 계시에 따르면… 라파엘 님은 지구의 신들에게 협력하는 것을 보류했다고 하네요."

"……"

"아무래도 저희는 신뢰를 잃은 것 같습니다."

가이아가 무거운 목소리로 말했다.

그 말에 가디언즈의 표정이 무거워졌다. 그들이 신뢰를 잃은 이유는 오래 고민할 필요도 없었다.

"……루드비히."

김시훈의 입에서 그 이름이 흘러나오자 가디언즈의 멤버들은 굳게 입을 다물었다.

예언의 악마, 사탄에 의해 타락한 성자(聖者). 루드비히는 라파엘이 꽤나 아끼던 사도였는지 그의 죽음에 대해 천사들은 굉장한 충격을 받고, 분노하고 있었다.

때문에 라파엘 측은 루드비히가 죽는 동안 아무것도 하지 못했던 가디언즈에 대해 반감을 가질 수밖에 없었다.

당연했다. 만약 국가의 입장이라고 비유해 보면 지원 요청을 받고 타지에 파병한 군인이 그쪽 테러리스트에게 납치된 후 잔인하게 살해당한 것이다. 아무리 테러리스트가 벌인 일이라고 하지만 파병을 요청한 쪽에 대해 반감을 가지지 않는 것이 오히려 이상했다.

"그래도 아직 좌절할 때는 아닙니다."

우울해진 분위기 속에서 가이아가 입을 열었다.

그녀는 힘 있는 목소리로 말을 이었다.

"가이아 님의 대리자이신 우라노스 님도 라파엘 님을 설득하고 있고 아직 협력을 완전히 거절한 것도 아닙니다. 그리고 무엇보다……."

가이아는 잠시 뜸을 들인 후 말을 이었다.

"라파엘 님께서 김시훈 수호자를 직접 만나고 싶다고 연락이 왔습니다."

"저… 말씀입니까?"

"예."

김시훈은 갑작스럽게 불린 자신의 이름에 당황스럽다는 표정을 지었다.

"아무래도 루드비히 씨께서 김시훈 수호자님에 대해 보고를 한 것 같아요. 루드비히 씨의 뒤를 이어 성검의 선택을 받기도 했고요. 한번 직접 만나서 얘기해 보고 싶다고 합니다."

"……."

김시훈은 굳게 입을 다물고 어두운 표정으로 고개를 숙였다. 루드비히가 사탄의 손에 의해 타락하는 동안 아무것도 하지 못했던 자신이 과연 라파엘를 만나도 될지 알 수 없다는 표정.

잠시 망설이던 그는 이내 고개를 들었다.

"가겠습니다."

그리고 단호한 말투로 대답했다.

지금 이곳에서 도망친다면 루드비히의 비참한 죽음을 외면하는 결과만을 남길 뿐이다.

정말로 그의 죽음에 슬퍼하고, 죄책감을 느끼고 있다면, 루드비히의 검을 계승하여 그의 신념을 잇고 싶다면, 이곳에서 라파엘의 제안을 외면할 수는 없었다.

"제가 가서 라파엘 님을 설득하겠습니다."

"김시훈 수호자님……."

가이아는 걱정스럽다는 표정으로 손을 뻗어 김시훈의 손을 잡았다.

지금 완전한 협력 관계도 아닌 라파엘의 진영에 김시훈을 보내는 것은 위험한 일이었다. 최악의 경우, 성검을 빼앗기는 것도 모자라 루드비히를 지키지 못한 죄의 대가를 받을 수도 있다. 자칫하면 협력 관계는커녕 적대 관계로 돌아설 수도 있는 위험한 일이다.

"괜찮습니다, 가이아 님."

김시훈은 마주 잡은 그녀의 손에 힘을 주었다.

순간, 가이아의 얼굴이 붉어졌다.

"반드시 라파엘 님을 설득해 가디언즈와 협력하도록 만들겠습니다."

"하지만……."

"가이아 님이 걱정하시는 것이 무엇인지는 저도 잘 알고 있습니다. 하지만 이곳에서 제가 가지 않는다면……. 영영 이 관계는 회복되지 않을 것입니다."

"……"

가이아는 침묵했다.

사실, 김시훈의 역할이 막중한 것은 부정할 수 없는 사실이었다.

사탄은 강하다. 그는 예언의 악마로서 마해(魔海)라는 거대한 힘을 지니고 있었다. 수백의 권능을 자유로이 사용할 수 있다는 강력한 힘. 그 힘은 대지의 신 가이아가 지닌 신성(神聖)을 모조리 사용해서도 막아내는 것이 불가능했을 정도로 경이로운 힘이었다.

'물론 가이아 님께서 그 힘의 대부분을 봉인하셨다고는 하지만……'

가이아가 지닌 모든 신성을 사용해 마해를 막아낸 지 아직 2년. 아무리 사탄이 예언의 악마라 할지라도 마해의 봉인을 그 2년 사이에 모조리 풀 수는 없었을 것이다.

하지만 그럼에도.

'마해는……'

경이로운 힘이라는 것을 부정할 수 없다. 봉인됐다 해서 결코 안심할 수 없는 것이다.

'천사의 협력이 필요해.'

가이아가 신성을 모조리 사용해 버리면서 지구의 신들에게는 지구에 개입할 수 있는 힘이 거의 남아 있지 않게 되었다.

그런 상황에서 천계의 도움은 절실했다.

"······김시훈 수호자님을 믿겠습니다."

가이아는 희미한 미소를 지으며 고개를 끄덕였다.

김시훈이 자리에서 일어섰다.

"그럼, 가보겠습니다. 형님."

가이아의 뒤를 이어 다가간 것은 강우.

강우는 김시훈의 어깨를 가볍게 두드렸다.

"너라면 잘할 수 있을 거다."

마음 같아서는 김시훈과 같이 라파엘을 찾아가고 싶었다.

하지만 라파엘이 원한 것은 어디까지나 김시훈과의 대화. 괜히 제삼자가 끼어들면 오히려 반감을 살 수 있을 가능성이 컸다.

'물론 손 빨고 구경할 생각은 없지만.'

회의가 끝난 후, 강우는 바로 김시훈의 뒤를 따라 아프리카로 향했다.

멀리서 천사들이 거대한 진지를 짓고 있는 것이 보였다.

'진짜 요새처럼 만드는군.'

반드시 예언의 악마, 사탄을 찾아 죽이겠다는 의지가 느껴졌다.

우우웅.

그때, 통신용 수정구슬이 울렸다. 가디언즈 내에서 사용하는 것이 아닌, 리리스와 연락할 때 사용하는 구슬이었다.

"무슨 일이야?"

[전달드릴 정보가 있어서 연락드렸습니다.]

"뭔데."

[지금 악마교 측에서 움직임을 보이고 있습니다.]

"……지금?"

강우는 가늘게 눈을 떴다.

타이밍이 공교롭다.

[어떻게 대처할까요?]

"일단은 가만히 있어."

지금은 악마교까지 신경을 쓸 여유가 없다.

라파엘과 김시훈의 만남. 그를 통해 천계의 협력을 얻는 것
에 주목해야 했다.

[예.]

연락이 끊어졌다.

"그러면……."

강우는 눈을 감고 권능을 일으켰다.

[종속의 권능이 발동합니다.]

[사역마와 감각을 공유합니다.]

김시훈의 눈을 통해 천사들의 모습이 보이기 시작했다.

은색 갑옷을 입고 있는 천사들. 그들의 몸에서는 은은한 빛이 흘러나오고 있었다.

그리고 그 천사들 사이로.

'쟤가 라파엘인가.'

여덟 장의 날개를 지닌 채 찬란한 빛에 휩싸여 있는 천사의 모습이 보였다.

크기는 대략 5미터. 발록과 비슷한 몸집이었다.

'그래도 좀 인간과 비슷하게 생겼네.'

몸집은 도저히 인간이라고 볼 수 없었지만, 외형 자체는 인간과 크게 다르지 않았다.

심지어 꽤 잘생겼다. 사자의 갈기 같은 금발과 각진 얼굴에서는 야성미까지 느껴질 정도.

'씨바, 뭔가 억울한데.'

악마도 천사처럼 좀 인간과 비슷하게 생겼으면 얼마나 좋았을까, 하는 생각이 머리를 스쳤다.

리리스의 모습이 떠오른 강우는 다급히 고개를 저었다.

김시훈이 거대한 의자에 앉아 있는 라파엘의 앞에 한쪽 무릎을 꿇었다.

-네가 루드비히의 검을 계승했다는 인간인가.

-그렇습니다.

라파엘과 김시훈의 대화가 들려왔다.

딱히 적대감은 느껴지지 않는 목소리. 나쁘지 않은 스타트라는 생각이 들었다.

'여기서 조금 더 신뢰를 얻으려면.'

[사역마에게 힘을 보냅니다.]

[사역마 '김시훈'에게 성력이 전달됩니다.]

지금 그가 지니고 있는 성력을 김시훈에게 보낸다.

-성력까지 받아들였군.

"그렇지."

라파엘의 목소리가 조금 밝아졌다. 성력을 받아들인 인간이니 그래도 신뢰가 가는 모양.

-제가 오늘 이곳에 온 것은 제 친구… 루드비히의 죽음에 대해 사죄를 드리기 위함입니다.

"대사 좋고."

김시훈의 진심 어린 목소리를 들으며 강우는 만족스럽게 고개를 끄덕였다.

처음부터 무작정 천사의 협력을 얻기 위해서 왔다고 하는 것은 좋지 않았다. 우선은 루드비히의 죽음에 대한 응어리진 감정을 푸는 것이 우선이다.

"잘한다, 내 새끼!"

김시훈과 감각을 공유하며 그를 응원했다.

자신의 역할은 여기까지. 여기서부터는 김시훈이 풀어나가야 할 숙제였다.

'위색(僞色)의 권능.'

거짓된 색을 만드는 권능으로 밝은 형광색을 뿜어내는 두 개의 막대를 만들었다.

"힘내라, 시훈아!"

강우는 응원 봉을 쥔 채 열심히 흔들었다.

-그랬군. 그런 일이……

-예. 제가 도착했을 때는 이미……

대화는 순탄하게 흘러갔다. 이 정도라면 어렵지 않게 라파엘의 협력을 얻을 수 있을 것 같다는 생각이 들 때쯤.

-라, 라파엘 님!!

-무슨 일이냐.

-악마의 사도가 나타났습니다!

"뭐?"

갑작스러운 전개에 강우의 표정이 일그러졌다.

김시훈의 시야를 통해 그들의 모습을 확인했다. 얼굴에 붕대를 감고 있는 여인이 걸어 들어왔다.

-빛의 신도들이여… 저는 사탄을 섬기는 어둠의 종, 율리아

라고 합니다.

－⋯⋯겁도 없이 이곳에 모습을 보였군.

-제가 라파엘 님을 찾아온 것은 진실을 알려 드리기 위함입니다.

-진실이라고?

라파엘의 앞에 무릎을 꿇은 여인, 율리아는 나지막이 말을 이었다.

-빛의 감시자를 타락시킨 것은 저희가 아닙니다. 그를 타락시킨 진범은⋯⋯.

그녀는 고개를 돌렸다. 그리고는 증오 가득한 눈빛으로, 김시훈을 노려보았다.

-가디언즈입니다.

무거운 침묵이 내려앉았다.

"하."

그 상황을 지켜보던 강우의 표정이 일그러졌다.

"이 새끼들이 감히⋯⋯."

강우는 가늘게 몸을 떨며 주먹을 쥐었다.

"선동과 날조를 하려고 해?"

속이 뻔히 들여다보이는 그들의 거짓에 분노가 치밀어 올랐다.

"이 쓰레기 자식들⋯⋯."

손이 떨린다. 분노가 치밀어 오른다.

강우는 표정을 일그러뜨렸다.

'루드비히를 타락시킨 게 가디언즈라고?'

말이 되지 않는 헛소리.

악마교는 그 던전 안에서 무슨 일이 일어났는지, 어떤 통신이 오갔으며 루드비히가 무슨 최후를 맞이했는지 전혀 알지 못했다.

명확한 증거가 있는 것이 아니다. 저들이 내뱉는 말은 말 그대로 선동과 날조. 머릿속에서 지어낸 판타지와 같은 시나리오를 읊조리는 것에 불과했다.

'신뢰의 부재를 노리려고 하는 거야.'

저번 일로 인해 천사 진영에는 가디언즈에 대한 불신이 생겼다. 그 심리를 이용하려는 것. 증거와 논리를 통한 설득이 아닌 거짓을 통해 선동을 하려는 것.

"하."

헛웃음이 흘러나왔다.

기가 차지도 않았다. 같잖은 수다. 어설프기 짝이 없는 방법.

'하지만.'

강우의 눈이 가늘어졌다.

'좋지 않아.'

그들이 얼마나 뻔뻔하게 거짓을 내뱉으며 시나리오를 쓸지 알 수 없었다.

중요한 것은 저 '거짓'을 라파엘이 믿었을 때.

딱 잘라 말해, 가능성이 없지는 않다. 루드비히의 타락과 죽음에는 그만큼 부정확한 요소가 많았다. 가디언즈 측에서도 그들의 거짓을 반론할 증거가 마땅히 없는 것이 사실.

'가장 결정적으로.'

루드비히를 죽인 것은 김시훈이다. 그가 완전히 타락했다고 하지만 결국 김시훈이 죽었다는 사실은 변하지 않는다.

"과연 어떻게 나올까……."

김시훈의 눈을 통해 율리아를 살피며, 생각에 잠겼다.

'그냥 무작정 믿으라고는 안 하겠지.'

그들이 진짜 루드비히를 타락시킨 범인이건 아니건 그 문제가 아니다.

일단 사탄을 비롯한 악마교는 어둠의 세력이다. 애초에 루드비히와 타협할 수 없는 적이라는 의미. 그런 그에게 무작정 내가 옳으니 믿어달라는 식으로 나올 리가 없었다.

"가장 가능성이 큰 건."

가늘게 눈을 떴다.

'통찰의 권능.'

김시훈의 눈을 통해 들어온 시야를 더욱 확대한다.

'역시.'

생각했던 물건이 보였다.

강우의 입가가 올라갔다.

'그렇게 나오시겠다.'

몸을 일으켰다.

예상하고 있던 방법 중 하나였다.

"발자하크."

손을 귓가에 대고, 자신의 수하를 불렀다.

[부르셨습니까, 마스터.]

"준비는 끝났냐?"

[물론입니다.]

어떤 준비가 끝났는지는 굳이 말할 필요도 없다.

강우는 고개를 끄덕였다.

"지금 바로 보내."

연락을 끊었다.

'당하고 있을 수만은 없지.'

선동과 날조. 거짓된 정보로 가디언즈와 천사의 세력을 이간질시키려는 어설픈 간계에 눈 뜨고 당할 수는 없었다.

'오히려.'

좋은 기회가 될 수 있다.

강우는 천천히 걸으며 통신용 수정구슬을 들어 올렸다.

"리리스."

[예, 강우님.]

바로 대답이 돌아왔다.

"지금 상황에 대해서 전달받은 것 있어?"

[사탄의 사도가 천사들의 진지에 들어간 거라면 저도 지금 막 연락받았습니다. 죄송합니다. 더 신경을 썼어야 했는데…….]

"아니, 괜찮아. 그보다……."

나지막이 말을 이었다.

"도와줬으면 하는 게 있어."

강우의 말에 리리스는 가볍게 웃음을 터뜨렸다.

[왕의 명령이라면 뭐든지.]

"뭐라……?"

장엄하면서도 숨 막히는 위압감이 뿜어져 나왔다.

5미터에 달하는 거구. 딱 벌어진 어깨와 탄탄한 근육. 금색으로 빛나는 갑옷과 그 등에 찬란히 돋은 여덟 장의 날개. 대천사 라파엘은 갑작스럽게 나타난 악의 사도의 말에 표정을 일그러뜨렸다.

"개소리!"

김시훈이 자리를 박차고 일어섰다.

그가 손을 뻗자 새하얀 빛무리가 모여들며 대검의 형태로 만들어졌다.

성검 루드비히. 대천사 라파엘의 힘에 하이엘프의 축복이 겹친 신화 등급 무기가 빛을 뿜었다.

"잠깐."

라파엘이 손을 올렸다.

그는 깊게 가라앉은 눈빛으로 율리아를 응시했다.

"그게 무슨 말이지?"

율리아가 고개를 숙였다.

"말 그대로입니다. 사탄 님을 비롯한 악마교는 이번 일과 전혀 연관이 없습니다. 이번 일은 가디언즈에서 벌인 자작극입니다."

"하."

라파엘은 헛웃음을 흘리고 어처구니없다는 표정으로 율리아를 내려다보았다.

"지금 내가 그 말을 믿을 거라 생각하는가?"

말도 안 되는 소리. 저런 터무니없는 말을 그가 믿을 리가 없다.

만약 자신의 부하가 저런 말을 해도 고민에 잠길 텐데 하물며 그 상대가 악의 종자라니. 고려할 가치도 없다.

"후훗."

율리아는 붕대가 감긴 입가를 올리며 가볍게 웃었다. 그러고는 느긋이 몸을 일으켰다.

"……"

율리아의 당당한 태도. 조금의 부끄러움도 없다는 듯 강렬한 주장을 펼치는 그 태도에 라파엘의 표정이 일그러졌다. 악의 종자가 천사의 요새 안까지 걸어 들어온 것 치고 너무나 당당한 태도였다.

"그렇다면 라파엘 님은 이 일에 가디언즈가 개입되지 않으셨다고 확신하고 계신 겁니까?"

"그건……"

"그렇지 않겠죠. 당연합니다. 결국 루드비히를 죽인 것은……"

그녀는 천천히 손을 들어 올려 김시훈을 가리켰다.

"저기 서 있는 바로 저 인간이니까요."

"닥쳐!!"

김시훈의 입에서 터져 나온 노성. 그는 이글거리는 그녀를 쏘아보았다.

"그때 루드비히는… 이미… 이미 돌이킬 수 없는 상황이었단 말이다."

씹어뱉듯 말했다.

루드비히의 모습이 떠올랐다. 흉측하게 혈관이 돋아난 채,

절규하는 그의 모습. 어서 도망치라며, 이곳에 오지 말라고 애타게 울부짖는 통신.

"어쩔 수 없었, 다고."

김시훈이 고개를 떨궜다.

율리아가 방긋 웃었다.

"어쩔 수 없었다고요? 증거라도 있나요? 그때 그곳에 있었던 게 가디언즈 말고 또 있었나요?"

"……"

"말해보세요. 그때 그곳에 가디언즈 말고 누가 있었죠? 아무도 없지 않았나요? 그렇다면……"

"그만."

라파엘은 손을 들었다. 그리고 이글거리는 눈빛으로 율리아를 쏘아보았다.

"감히 내 앞에서 수작을 부리려는 것이냐, 악의 종자여."

"그렇게 느끼셨다면 죄송합니다, 라파엘 님."

율리아는 고개를 돌렸다.

그녀의 말이 이어졌다.

"하지만 이상하다고 생각하지 않으시나요? 당시 루드비히 씨가 갑작스럽게 악마의 함정에 잡혔다고 했는데……. 그게 어쩌다 함정에 걸린 거죠?"

"……"

무거운 침묵이 내려앉았다.

"저희도 억울해서 빛의 감시자들의 조사서를 살짝, 훔쳐봤는데 말이죠."

율리아의 눈이 표독스럽게 빛났다.

"그때 루드비히 씨는 마지막으로 가디언즈가 사용하는 수호의 전당에서 이곳으로 향하는 게이트에 들어갔다고 하네요. 후훗. 공교롭지 않나요? 하필이면 가디언즈 내부에 있는 게이트를 이용하는 중간에 다른 곳으로 빨려 들어가다니……."

"이, 개자식들이……!!"

김시훈이 분노를 참지 못하고 일어섰다. 그의 손에 쥔 성검이 빛을 뿜었다.

김시훈이 발을 박차려고 할 때, 라파엘이 입을 열었다.

"기다려라."

쿠웅!

"커헉!"

낮은 목소리. 어마어마한 압력이 어깨를 짓눌러 김시훈이 무릎을 꿇렸다.

"……."

라파엘은 두 눈을 감고 머릿속의 생각을 정리했다.

고민이 이어졌다. 5분, 10분.

기나긴 침묵 속에서 라파엘은 계속 생각을 이어나갔다.

그리고 천천히 눈을 떴다.

"그렇다고 해도, 너희를 믿을 수는……."

"그렇게 대답하실 거라 생각했습니다."

잠자코 기다리던 율리아가 라파엘의 말을 끊었다.

그녀는 이런 대답이 나올 줄 예상했다는 듯이, 품속에서 무언가를 꺼냈다. 검은색 수정구슬이었다.

"그건……."

"더 이상 하찮은 종이 나설 자리가 아니네요."

방긋 웃었다.

"직접 대화를 통해 오해를 푸시는 것이 더 좋을 것 같습니다."

우우웅.

검은색 수정구슬에서 검은빛이 흘러나왔다.

이내 홀로그램처럼 빛이 방사형으로 퍼지며 칠흑의 어둠이 나타났다. 그리고, 붉은 가면이 떠올랐다.

"너는……."

[이렇게 대화할 날이 오게 되리라고는 생각지 못했군.]

"설마… 사탄?"

[꽤나 모습이 바뀌긴 했지. 그렇다.]

붉은 가면 사이로 노란 눈동자가 나타났다.

[내가 사탄이다.]

"……."

라파엘은 굳게 입을 다물었다.

"사, 탄."

김시훈의 표정이 일그러졌다.

끔찍한 분노가 치밀어 올랐다. 감히 루드비히를 타락시킨 범인이 그 죄를 가디언즈에게 뒤집어씌우려고 하다니.

콰득, 콰드득!

"으, 아."

몸을 짓누르고 있던 라파엘의 성력을 밀어낸다. 꿇어졌던 무릎이 퍼지며 김시훈의 몸이 곧게 일어났다.

"무슨……?"

라파엘은 설마 인간이 자신의 기운을 이겨내고 일어설 줄 몰랐다는 듯 두 눈을 크게 떴다.

콰앙!!

김시훈이 발을 박찼다.

"사타아아아아아아안!!!"

거칠게 포효하며, 달려들었다.

그때였다.

콰앙!!

"시훈아!!!"

달려가는 김시훈의 팔을 누군가 끌었다.

"혀, 형님?"

"진정해. 여기서 섣부르게 움직이면 오히려 저놈들 뜻대로 되는 거야."

요새의 천장을 박살 내며 나타난 강우. 강우가 이성을 잃고 폭주하려던 김시훈을 막아섰다.

"……저 김시훈이라는 인간의 형이로군."

강우에 대해서는 익히 정보를 들었는지 라파엘은 크게 동요하지 않았다.

"라파엘 님과의 대화를 몰래 엿듣고 있어서 죄송합니다."

강우는 깊게 허리를 숙였다.

라파엘은 깊게 가라앉은 눈빛으로 답했다.

"아니, 어차피 너희가 저 인간을 혼자 보내고 가만히 있을 거라고는 생각하지 않았다."

라파엘도 지금 가디언즈와 천사들의 불편한 관계에 대해서는 잘 알고 있었다.

[일이 아주 재밌게 되었군.]

그 모습을 지켜보던 사탄이 웃음을 터뜨렸다.

"네놈……."

강우는 이글거리는 눈빛으로 사탄을 쏘아보았다.

사탄은 느긋이 답했다.

[그렇다면 본 주제로 되돌아가지, 라파엘.]

"……말하라."

[나는 그 루드비히라는 자에게 손조차 대지 않았다. 정 의심스럽다면.]

사탄이 손을 뻗자 짙은 어둠이 일그러지며 형체를 갖췄다.

곧 둥그런 구체가 만들어졌다.

[내 마기다. 이 마기를 추적해라. 만약 수호의 전당에 내 마기의 흔적이 있다면 내가 개입한 것이 사실이겠지. 하지만 그곳에 내 마기의 흔적이 없다면…….]

그는 낄낄 웃었다.

[이번 일이 가디언즈가 벌인 자작극이라는 말이 되겠지.]

"……."

다시금 침묵이 내려앉았다.

라파엘의 눈빛이 흔들렸다.

사탄의 말을 단순히 어설픈 수작질이라고 여길 수는 없었다. 천사들의 마기 추적 능력은 뛰어나다. 그것을 놈이 모를 리가 없을 것이다.

'저 정도까지 말한다면.'

의심이 드는 것도 사실.

아니, 애초에 루드비히의 죽음에는 의문이 많았다.

그가 공교롭게도 수호의 전당의 게이트를 사용하다가 악마의 함정에 빠졌다는 것도, 당시 그가 '타락했다'고 증명한 사람들이 가디언즈 외에는 없다는 것도 사실이었다.

라파엘의 눈에 갈등이 서렸다.

"너……."

강우 또한 표정을 일그러뜨렸다. 마치 외통수를 맞았다는 듯, 사탄이 이렇게까지 나올 줄은 몰랐다는 듯한 눈빛.

[자, 어떤가.]

사탄의 웃음소리가 들렸다.

[의심해 볼 만한 일이 아닌가?]

투명한 얼음으로 뒤덮인 거대한 공동. 짙은 어둠이 내려앉은 그곳에 거대한 검은 구체가 있었다.

검은 구체에서 이어져 나온 어둠. 마치 장막처럼 어둠을 두른 '사탄의 파편'은 얼굴에 쓴 가면을 만졌다.

-흐음…….

침음이 흘러나왔다.

그의 앞에는 검은색 수정구슬이 놓여 있었다.

-무슨 일이지.

사탄은 불편하다는 듯 중얼거렸다.

-어서 통신을 연결해라, 율리아.

분명 예상했던 시간이 지났다. 그럼에도 수정구슬에는 아무런 반응이 오지 않았다.

-왜 이렇게 통신이 늦는 것이냐.

사탄은 이해할 수 없다는 듯 고개를 저었다.

그때.

얼음으로 뒤덮인 그곳에 다급한 발걸음 소리가 울렸다.

"사, 사탄 님!!!"

검은 로브를 입은 사내가 다급히 공동 안으로 달려갔다.

30여 미터 크기의 거대한 구체가 일렁거리고 그 구체에서 뻗어 나온 기다란 어둠이 몸을 움직였다.

어둠의 끝에는 붉은 악마 가면이 떠올라 있었다.

-무슨 일이냐.

"그, 그게……."

사제의 눈동자가 흔들렸다.

그는 말끝을 흐리다가 숨을 고른 후 입을 열었다.

"통신 신호를… 빼앗겼습니다."

-뭐라고?

사탄은 이해할 수 없다는 듯 어둠을 출렁였다.

통신 신호를 빼앗겼다니. 그게 무슨 의미란 말인가.

"지금 율리아 사도님이 가지고 계신 '암흑의 거울'에는 다른 존재가 연결되어 있습니다."

-잠깐, 그렇다면 왜 율리아가 긴급 연락을 보내지 않은 거냐.

이해하기 힘들었다. 통신 신호가 중간에 빼앗겨 '암흑의 거울'이 다른 존재와 연락이 됐다면 율리아가 모를 리가 없었다. 다른 방법으로 연락을 보내거나 하다못해 암흑의 거울을 파괴하기라도 해야 했다.

"그것이……."

사제는 대체 이 말을 어떻게 전해야 할지 알 수 없다는 듯 눈을 굴렸다. 그러다가 이내, 생각을 포기한 듯 있는 그대로의 상황을 전했다.

"자신을 사탄이라고 칭하는 자가… 대신 나타나 말하고 있습니다."

-또… 또 그 새끼야??

사탄은 미칠 것 같다는 목소리로 되물었다.

자신의 이름을 사칭하는 자. 대체 자신에게 무슨 원한이 있는지 틈만 나면 그의 이름을 사칭하며 여기저기 일을 키우고 있는 존재. 그 때문에 틀어진 계획만 생각하면 분노에 이성이 날아가 버릴 것만 같았다.

-율리아마저 그자에게 속았단 말이냐?

"애, 애초에 저희가 계획하고 있던 것과 비슷한 말을 하고 있어 율리아 사제도 상황을 파악하지 못한 것 같습니다."

-계획하고 있던 것과 비슷한 말을 하고 있다고……?

"예. 루드비히를 타락시킨 주범으로 가디언즈를 몰아가자는 계획 말입니다. 그것을 비슷… 솔직하게 말씀드리면 저희가 계획한 것보다 잘 수행하고 있습니다."

──…….

침묵이 흘렀다.

사탄의 눈동자가 떨렸다.

'그럴 리 없다.'

사칭범의 정체에 대해서는 어느 정도 예상이 갔다.

인정하고 싶지는 않지만, 이런 짓을 할 수 있는 자는 그의 기억으로는 한 명밖에 없었다. 그리고 그자가 자신에게 도움을 줄 리는 없다.

'놈은 괴물이다.'

그는 지옥의 악몽이다.

일곱 대공의 세력이 확립된 이후 아득한 세월 동안 변하지 않았던 지옥에 나타난 폭군. 그 어떤 악마도 그처럼 '욕망'하지 않았다. 광기에 가까운 욕망, 집착.

과거 천 년 전쟁의 기억이 떠오른 사탄의 몸이 떨렸다.

그는 다급히 말했다.

─통신을 다시 이쪽으로 돌려라.

"부, 불가능합니다. 지금도 칼기아 님의 사제들이 최선을 다하고 있지만, 마법 패턴이 너무도 복잡해서 통신을 돌릴 수가 없습니다."

사제는 꿀꺽 침을 삼키며 말을 이었다.

"지금 할 수 있는 거라고는 통신 신호의 일부를 빼돌려 영
상과 음성을 듣는 것뿐이⋯⋯."

-크웃. 일단 그거라도 틀어라.

"예!"

사제가 사탄 앞에 놓인 구슬을 조작했다.

라파엘과 율리아, 천사들의 모습이 보였다. 그리고.

-뭐⋯ 라고?

사탄은 두 눈을 부릅떴다.

그는 영상에 나타난 한 인간. 날카로운 눈매를 가진 청년을
바라보며 경악에 빠졌다.

-마왕이 왜⋯⋯. 잠깐 그럼 누가 날⋯⋯.

혼란에 빠졌다.

그때, 그의 머릿속에 마왕이 지닌 무수한 권능들이 스쳐 지
나갔다.

-서, 설마!

사탄은 몸을 떨었다.

최악의 가정이 떠올랐다.

-분신의 권능⋯⋯.

사탄의 눈이 깊게 가라앉았다.

그의 머리가 빠르게 돌아갔다.

-찾아라.

"예······?"

-분신의 권능을 유지할 수 있는 범위는 넓지 않다. 놈은 천사의 요새 근처에 분신을 만들어 자작극을 벌이려는 거다.

예전에 몇 번 당해본 적 있는 짓. 사탄은 치밀어 오는 분노에 몸을 떨었다.

-언제까지 내가 당하고 있을 거라고만 생각하느냐.

오히려 좋은 기회라는 생각이 들었다.

마왕이 저런 어쭙잖은 수까지 써가면서 자신을 사칭하는지는 알 수 없었다.

하지만.

'그것도 이번이 마지막이다.'

그의 사기극을 만천하에 드러내리라.

제대로 성공한다면 라파엘의 관심을 자신이 아닌 마왕 쪽으로 돌리는 것이 가능하다.

'놈이 쓴 위선(僞善)의 가면을.'

자신이 직접 벗겨내리라. 그리고 그가 일궈온 모든 것들을 파괴하리라. 복수의 대공이라는 칭호에 걸맞은 최후를 그에게 선사하리라.

-투입할 수 있는 모든 병력을 투입해라!! 통신을 조작한 곳의 흔적을 찾아라! 놈의 분신을 죽여라!

어차피 분신의 권능으로 만들어낸 분신의 힘은 하찮다. 찾아낼 수만 있다면, 그를 제압하는 것은 어렵지 않다.

'이번에는.'

네가 당할 차례다.

사탄은 영상 속으로 보이는 마왕을 노려보며 노란 눈동자를 빛냈다.

무거운 침묵이 내려앉았다.

라파엘은 천천히 입을 열었다.

"내가 왜 네 말을 믿어야 하는 거지?"

사탄은 답하지 않았다.

조금 오랫동안 침묵을 유지하던 그는, 나지막이 말했다.

[믿고 아니고는 네 자유다, 라파엘. 내가 마해를 지니고 있는 이상 결국 너와 난 서로를 죽여야 할 운명이니까. 하지만.]

음산한 웃음을 흘린 사탄이 고개를 돌려 어딘가를 응시했다.

강우가 서 있는 곳.

[어쭙잖은 놈들이 위선의 가면을 쓴 채 내 이름을 거들먹거리는 게 마음에 들지 않아서 말이야.]

"사탄……."

강우의 표정이 일그러졌다. 그는 라파엘에게 고개를 돌렸다.

"라파엘 님. 설마 저 악마의 간악한 말을 믿으시는 건……."

"입을 다물어라, 인간."

"……의심하고 계시군요."

라파엘의 반응을 살핀 강우가 깊은 한숨을 내뱉었다.

"좋습니다. 사탄의 말대로 그의 마기를 통해 수호의 전당 내부를 조사하셔도 괜찮습니다."

"자신 있는가."

"저희를 의심하시는 이유도, 루드비히를 얼마나 아끼셨는지도 알고 있습니다. 하지만 저희는 결백합니다. 루드비히 씨는 사탄의 계략에 의해 타락한 겁니다."

"……."

라파엘은 굳게 입을 다물었다.

그의 표정에 갈등이 떠올랐다.

사탄의 말과 가디언즈의 말. 솔직히 그의 입장에서는 사탄이건 가디언즈건 둘 다 믿기지 않았다.

"루드비히……."

그의 사도의 이름을 입에 담았다.

그 누구보다 빛에 신념을 바친 인간. 뛰어난 재능과 불굴의 의지, 확고한 신념을 두루 갖춘 소중한 사도.

빛을 위해서는 가족과 친우조차 간단히 버릴 수 있는 인간은 흔치 않다. 그런 충실한 사도를 잃은 것은 라파엘로서도 괴로운 일이다.

'반드시 네 복수만큼은.'

자신의 손으로 직접 이뤄주고 싶었다.

라파엘은 강우와 김시훈, 사탄을 날카롭게 노려보았다.

'과연 누가.'

거짓을 말하고 있는가.

머릿속이 복잡했다.

'방법은 하나.'

몸을 일으켰다.

"네놈의 마기를 통해 진실을 조사하도록 하지."

[좋은 선택이다.]

라파엘이 천천히 발걸음을 옮겼다.

율리아가 비릿하게 웃으며 두 손을 들었다. 그녀의 손에는 사탄이 미리 만들어준 마기의 결정체, 마정(魔晶)이 들려 있었다.

그 모습을 지켜보던 김시훈이 딱딱한 목소리로 말했다.

"형님… 괜찮으신 겁니까? 사탄이 수호의 전당에 수작을 부려놨다면 저희는……."

김시훈은 걱정스러운 표정으로 말했다.

가디언즈가 루드비히를 타락시킨 것이 아니라는 건 확실했다. 루드비히의 통신이 왔을 당시 가디언즈의 모든 멤버들이 모였으니까. 하지만 사탄이 저 정도로 당당하게 사기를 치려는 모습을 보니 무언가 꿍꿍이가 있다는 생각뿐이 들지 않았다.

"이게 다 제가 루드비히를……"

김시훈은 자책하듯 중얼거렸다.

루드비히가 타락했을 때 자신이 직접 그를 죽이지 않았더라면, 어떻게 해서라도 그를 제압했다면 이렇게 억울한 의심을 받을 이유도 없었을 것이다.

'이렇게 해서 또다시 사탄의 거짓에 놀아난다면.'

마음속에 자리 잡은 죄책감을 씻어낼 수 없을 것 같았다.

"걱정 마라, 시훈아."

강우가 그의 어깨를 짚었다. 그리고 입술을 깨물며, 힘 있는 목소리로 말했다.

"아무리 저들이 거짓으로 진실을 가리려 한다 해도."

손바닥으로 태양이 가려지겠는가. 타오르는 불빛이 어둡다고 보이지 않겠는가.

강우는 김시훈의 어깨에 올린 손에 힘을 주며 말했다.

"진실은 꺼지지 않는다."

오롯이 타오를 뿐이다.

-……뭐지.

영상을 지켜보던 사탄은 이해할 수 없다는 표정으로 중얼거렸다.

-대체 왜?

그는 루드비히를 타락시킨 적이 없었다. 악마교도 손을 댄 적이 없으니 그를 타락시킨 범인은 틀림없이 저 마왕일 것이다.

그런데.

'어째서……?'

어떻게 저렇게 당당할 수 있단 말인가.

자신의 마기가 담긴 마정을 추적하면 수호의 전당에 아무런 마기가 없다는 것을 천사들이 알아낼 수 있을 것이다.

그다음에 범인으로 몰리는 것은 가디언즈. 그가 바랐던 대로 놈들은 라파엘의 손에 직접 처단당한다.

'놈이 그걸 모를 리가 없을 텐데?'

머릿속이 복잡했다. 불길한 예감이 퍼졌다.

사탄은 다급하게 외쳤다.

-빨리 놈의 분신을 찾아라!!

그가 무슨 짓을 하기 전에 막아야 했다.

"저 사, 사탄 님……."

-빨리!!

"그게……."

검은 로브를 입은 사제가 몸을 떨었다.

─······무슨 일이냐.

"지, 지금 보고가 들어왔습니다. 통신을 역추적하여 마법을 조작하고 있는 곳의 위, 위치를 알아냈다고 합니다."

-그렇다면 어서 분신을 제압하고 통신을 이쪽으로 돌려라.

"그것이······."

그는 창백하게 질린 표정으로, 지금 상황을 이해할 수 없다는 듯 몸을 떨었다.

"부, 분신은 보이지 않았다고 합니다."

-다른 장소에서 영상만 쏘아 보내고 있는 건가······.

사탄의 표정이 일그러졌다.

-상관없다.

분신이 있는 위치를 찾지 못한 것은 아쉽지만 일단 이것으로 충분했다.

지금 마왕은 일종의 중개기를 통해 원래 이어져야 할 마법을 중간에서 낚아채 도용하고 있는 것이다. 그 통신을 조작하고 있는 장소 자체를 찾아냈다면.

-그곳을 파괴해서 '암흑의 거울'과의 통신 자체를 끊어버려라.

물리적인 파괴를 통해 문제를 해결할 수 있었다.

즉, 소프트웨어로는 해킹을 막을 수 없으니 해킹을 주도하고 있는 하드웨어를 박살 내는 것. 아무리 뛰어난 기술이 집약된

마법 장치라고 해도 물리적으로 파괴해 버리면 그 기능을 발휘할 수 없다.

"그, 그것이."

사제는 당황스러운 목소리로 말했다.

"애초에… 토, 통신이 이어져 있지 않다고 합니다."

―……뭐? 그게 무슨 소리냐.

"지금 '암흑의 거울'에서 흘러나오는 저 영상은……."

꿀꺽.

침을 삼킨 사제가 입을 열었다.

"녹화된, 영상입니다."

―뭐… 라고?

이해할 수 없다는 듯, 사탄은 중얼거렸다.

지금 흘러나오는 영상이 녹화된 영상이라니? 그게 대체 무슨 소리란 말인가.

―지금 저렇게 멀쩡하게 대화를 하고 있는데 무슨 헛소리를 하는 거냐!

사탄은 구슬에 떠오른 영상을 향해 고개를 돌렸다. 그곳에서 분명 라파엘과 마왕은 붉은 가면을 쓴 가짜 사탄과 대화를 나누고 있었다.

그런데. 저 가짜 사탄의 모든 말들이 '이미 녹화된' 거라고?

"저, 저도 모르겠습니다."

검은 로브를 쓴 사제 또한 혼란스럽다는 듯 고개를 저었다.

한 가지. 가능성이 있긴 하다. 하지만.

'그게 가능할 리가……'

사제의 동공이 떨렸다.

그딴 미친 짓이 가능할 리가 없다. 녹화된 영상으로 대화를 하는 유일한 방법.

"모, 모든 대화를 예상하고… 그에 맞춰서 미리 말해둔 거라 면… 가, 가능합니다."

-……뭐?

사탄은 어처구니없다는 표정으로 되물었다.

그게 대체 뭔 개소리란 말인가?

-라파엘과의… 모든 대화를 예측했다고?

"예. 모든 대화를 예측하고, 반응을 예상해서 미리 말을 한 다면… 부, 불가능한 일은 아닙니다."

사제는 자신이 말하면서도 혼란스럽다는 듯 이마를 짚었다.

당연했다. 말이야 불가능하지 않다고 할 수 있지 애초에 그 게 가당키나 한 말인가. 상대가 어떤 타이밍에, 무슨 말을 할 줄 알고 그걸 미리 녹화해 둘 수 있다는 건가.

간단한 대화도 아니다. 라파엘과 가짜 사탄의 대화는 5분은 가볍게 넘길 정도로 길었다. 그사이에 일어날 모든 대화와 그 타이밍을 모조리 예측했다고?

'대체 어떻게.'

만약 1초라도 더 먼저 '녹화된 대사'가 나오기라도 한다면 거짓이 탄로 나는 위험천만한 도박이다.

-으. 으으.

사탄의 목소리가 떨렸다.

이미 녹화된 영상이 흘러나오고 있는 거라면 중간에 끊을 방법이 없다. 병력을 요새에 난입시키는 것도 불가. 그 순간 가디언즈와 천사들의 사이를 이간질한다는 계획은 실패한다. 아니, 단순히 실패하는 것으로 끝나는 것이 아닌 천사와의 전면전으로까지 번질 수도 있다.

외통수.

-마왕…….

사탄은 그 이름을 중얼거리며 영상을 바라보았다.

"사탄 님의 마기가 담긴 마정입니다."

율리아가 무릎을 꿇은 채 손을 올렸다. 검은색 보석에서 마기가 흘러나오고 있었다.

라파엘은 그녀가 있는 방향으로 천천히 걸어갔다.

그때였다.

쿠웅!!

굉음이 울려 퍼졌다.

요새에서 나는 소리가 아니다. '암흑의 거울'을 통해 흘러나온 소리였다.

"응?"

라파엘과 김시훈, 강우와 율리아의 시선이 모두 검은 수정 구슬로 향했다.

영상 속 붉은 악마 가면을 쓴 사탄이 몸을 돌렸다.

[무슨 일이냐?]

[크윽 사, 사탄 님!!]

누군가의 다급한 목소리. 붉은 가면을 제외하고는 어둠만이 가득했던 영상에 다른 모습이 비치기 시작했다.

다급히 문을 열고 들어온 것은 녹색 촉수로 뒤덮인 악마. 무언가 박살 나는 소리가 연달아 들려왔다.

"무슨……."

갑작스러운 상황에 라파엘이 눈살을 찌푸렸다.

저곳에 무슨 일이 일어났는지 지금 당장은 파악하기 힘들었다.

[타, 탈출했습니다!]

사탄의 수하로 보이는 악마가 다급히 외쳤다.

붉은 가면 너머로 보이는 사탄의 눈동자가 떨렸다.

쾅!

다시금 굉음이 울리며 벽이 박살 났다.

무너진 벽에서 모습을 드러낸 존재는.

"아, 아아."

[크윽……. 나, 는. 절대, 네놈들, 손에…….]

마치 시체를 연상시키듯 새파란 피부. 짙은 다크서클과 퀭한 볼. 몸 사이사이에서 짙은 마기를 피어 올리는 루드비히의 모습이 영상에 비쳤다.

[하…….]

사탄이 어처구니없다는 듯 헛웃음을 흘렸다.

그는 낮은 목소리로 낄낄 웃었다.

[설마 일이 이렇게 될 줄은 몰랐는데 말이야.]

"사탄 님……?"

영상을 바라보던 율리아가 뒤통수를 후려 맞은 듯 당황스러운 표정으로 그의 이름을 불렀다.

"사, 사탄 님 대체 무슨 일입니까! 그자는 대체 누구……."

혼란에 빠진 목소리.

루드비히를 만나보지도 못한 그녀는 지금 영상 속에서 나타난 괴인이 마기에 타락한 루드비히라는 것조차 알아보지 못했다.

"사탄 님!!!"

[이런 어처구니없는 실수를 하다니…….]

사탄은 그녀의 목소리가 들리지 않는 것처럼 깔끔히 무시했다.

그의 목소리에서 난처함이 묻어나왔다.

[쯧. 계획은 실패한 것 같군.]

사탄은 혀를 차며 고개를 저었다.

루드비히를 타락시킨 범인을 가디언즈로 몰아가고 있는 마당에 루드비히가 등장해 버린 것이다. 빼도 박도 할 수 없는 완벽한 실책.

"사, 탄."

쿠구구구구구궁!!

라파엘은 이글거리는 눈빛으로 사탄을 노려보았다. 찬란한 빛이 뿜어져 나오며 그 힘에 요새 전체가 뒤흔들렸다.

쿠궁!

거칠게 발을 굴렀다.

"루드비히에게… 무슨 짓을 한 거냐?"

라파엘의 동공이 떨렸다.

짐작 가는 것은 있었다. 사자(死者)를 일으키는 금단의 마법. 우주의 섭리를 거스르는 사악한 존재. 언데드.

그 누구보다 빛을 섬기고 사랑했던 루드비히가 언데드로 타락한 모습은 라파엘에게 큰 충격을 안겨주었다.

"사, 타아아아안!!!"

라파엘의 절규가 울려 퍼지고 광기에 가까운 분노가 뿜어 졌다.

율리아의 표정이 창백하게 질렸다.

"사탄 님……! 그, 그게 무슨 소리입니까! 아, 아니 왜 루드비히가 그곳……."

다급히 외치던 율리아의 말이 끊기고 입이 벌어졌다.

그녀는 깨달았다.

"잠깐… 뭐야. 저긴 어디야……?"

사탄이 있는 장소는 투명한 얼음으로 뒤덮인 장소. 백여 미터의 넓이를 가진 거대한 공동이다. 애초에 부서질 '벽' 따위는 존재하지 않았다.

"뭐, 뭐야. 이게 무슨……."

율리아의 몸이 덜덜 떨렸다. 무언가 잘못되고 있다는 것을 깨달은 것이다.

달랐다. 저곳은 그녀의 주인, 사탄이 있는 장소가 아니었다.

"넌… 누구야?"

떨리는 목소리로 물었다.

저 붉은 가면을 쓴 악마는, 그녀의 주인이 아니다. 다른 무언가였다.

"하."

강우가 헛웃음을 터뜨렸다.

율리아의 뻔뻔한 모습에 그의 표정이 일그러졌다.

"추하구나."

이 이상 추할 수가 없었다.

사탄의 어쭙잖은 계략은 실패했다. 언데드로 타락한 루드비히가 모습을 보인 순간, 더 이상 사탄에게 변명의 여지는 없다. 그의 간악한 간계는 통하지 않았다.

"감히, 감히……!"

라파엘은 분노에 찬 표정으로 손을 뻗었다. 그러자 어마어마한 빛무리가 그의 손에 모여들었다.

모여든 빛무리가 창의 형태를 이루었다.

라파엘은 찬란한 빛이 뿜어져 나오는 창을 쥔 채, 사탄에게 외쳤다.

"어디까지… 어디까지 내 사도를 능욕해야 만족하겠는가!!!"

라파엘의 외침이 요새 전체를 울렸다.

[흠……]

사탄의 입에서 침음이 흘러나왔다.

그는 곤란하다는 듯 고개를 젓고는 손을 뻗었다.

[커헉!]

루드비히의 목이 그의 손에 잡혔다.

[놔, 놔라!!]

필사적으로 발버둥 치는 루드비히. 사탄의 손에서 흘러나온 어둠이 그의 몸을 침식했다.

[아, 아아아.]

끊어질 듯한 신음.

발작을 일으키듯 몸을 떨던 루드비히는 이내 완전히 어둠에 물들었다.

[이렇게 된 이상… 어쩔 수 없군.]

사탄은 심드렁한 목소리로 고개를 저었다.

광기에 찬 눈으로 시선을 돌린 그의 시선이 정확히 라파엘을 응시했다.

낄낄. 낮은 웃음 소리가 흘러나왔다.

[미칠 것 같나?]

"……."

[분노에 이성을 잃을 것 같나? 머리가 뜨거워지고, 시야가 흐려지고, 가슴이 두근거리는가?]

"네놈."

[하, 하하하하하하!!!]

광기에 찬 웃음이 터져 나왔다.

[그 감정을 잊지 마라, 라파엘.]

사탄이 손을 저었다. 그러자 그의 손에 잡혀 있던 루드비히의 몸이 형편없이 바닥을 굴렀다.

마치 질려 버린 장난감을 버리듯. 그를 던졌다.

라파엘의 시야가 새하얗게 점멸했다. 거대한 분노가 그의 이성을 집어삼켰다.

사탄은 웃었다.

[그것이 '분노'다.]

"일부러… 이런 일을 벌인 거냐."

라파엘의 목소리가 떨렸다.

지금 사탄의 반응에서 유추할 수 있는 사실은 하나뿐. 처음부터, 악의 종을 요새에 보낸 것부터 시작해서 과감한 제안을한 것, 루드비히를 의도적으로 풀어주어 마치 '계획이 실패한 것'처럼 말하는 것. 그 모든 것이 의도되었다는 확신이 들었다.

[하하하하!! 단순한 우연에 불과하다. 아니, 실수라고 해야 할까?]

사탄은 배를 잡은 채 폭소를 터뜨렸다.

그 반응에서, 라파엘은 확신했다.

"왜… 왜 굳이 이런 짓을……."

답을 구할 이유가 있겠는가.

그의 목적은 뻔하다.

분노. 그를 농락하여 분노에 이성이 잡아먹히게 만드는 것.

라파엘의 표정이 일그러졌다.

"좋은 시도였다, 사탄."

하지만.

"너는… 후회하게 될 것이다."

자신을 분노케 만든 것을. 빛의 감시자를 언데드로 타락시킨 것을.

사탄은 피식 웃었다.

[같잖은 연극은 그만두겠다, 라파엘.]

"……."

[와라. 나는 피하지도, 숨지도 않는다.]

사탄은 몸을 일으켰다.

[지금 이곳에서 선포하겠다.]

거대한 어둠이 장막처럼 퍼졌다.

[나는 모든 빛을 어둠에 잠식시키리라!! 온 세상을, 모든 대지를 파멸시키겠다! 나의 이름을 기억하라, 하찮은 존재들이여!]

"아, 아니야!! 이게 아니라고!!!"

율리아가 다급히 소리쳤다.

대체 무엇이 아니란 말인가.

그녀는 다급히 검은 수정구슬을 향해 손을 뻗었다. 하지만 그보다 앞서, 강우가 발을 박찼다.

퍼억.

"꺄악!!"

율리아의 몸이 뒤로 튕겨져 나갔다.

강우는 날카로운 눈으로 그녀를 쏘아보았다.

"어디 감히 변명을 하려 하는가."

"아, 아아."

율리아의 표정이 창백하게 질렸다.

강우는 손을 들었다.

'위색의 권능.'

찬란한 황금빛을 뿜어내는 검이 만들어졌다.

델 라인. 영웅신 티리온이 그에게 남기고 간 태양의 검이었다.

"어둠에 물든 자에게."

황금빛을 뿜어내는 검을 움켜쥔 채.

"빛의 심판을."

내리그었다.

촤악!!

율리아의 목이 잘렸다. 붕대에 감긴 그녀의 목이 바닥을 굴렀다.

"형님… 이건."

뒤늦게 다가온 김시훈.

강우는 몸을 돌렸다.

"말했잖아."

김시훈의 어깨를 잡았다.

"진실은… 꺼지지 않는다고."

밝은 황금빛이 그의 몸을 휘감았다.

🌀

-아니야…… 아니라고.

어두운 공동에 떠올라 있는 영상. 그 영상을 바라보며 사탄은 몸을 떨었다.

-대체 무슨 짓을…….

영상에서 흘러나오는 소리.

자신의 모습을 한, 자신이 아닌 가짜.

-그만, 그만… 둬. 제발 그만…….

사탄의 입에서 신음이 흘러나왔다.

-으, 아아아아아아!!

터져 나온 절규.

-막아!!!

쿠웅!

30여 미터에 달하는 거대한 어둠의 구체가 출렁이고 동굴 전체가 무너질 듯 뒤흔들렸다.

-저 미친놈을 지금 당장 막으란 말이다!!!

🌀

콰앙!

사탄의 말을 마지막으로, 요새 근처에서 폭음이 울려 퍼졌다.

라파엘의 표정이 일그러졌다.

"무슨 일이냐."

"스, 습격입니다!"

"사탄의 권속인가."

빛의 감시자가 고개를 끄덕였다.

마치 포위를 하듯 요새를 둘러싸고 있던 사탄의 권속들이 모습을 나타내기 시작했다.

쿠구궁!

"앗……! 벌, 벌써!"

사방에서 마법이 쏟아졌다.

요새에 가까운 크기의 진지라고는 하나 아직 짓고 있는 도중의 진지. 쏟아지는 마법 포격을 막을 만한 방어력이 있을 리가 없었다.

쿵!

천장에 거대한 금이 가고 새하얀 돌덩어리들이 쏟아졌다.

라파엘이 다급히 창을 뻗었다. 성창에서 흘러나온 빛이 돌덩어리들을 튕겨냈다. 하지만.

"아……."

사람 크기만 한 파편 하나가 튕겨 라파엘의 부하가 있는 쪽으로 날아갔다. 눈으로 좇기도 힘든 속도에 로브를 입고 있는 여사제는 몸을 떨었다.

라파엘이 손을 뻗었다.

콰득!

"조심하십쇼."

라파엘보다 한발 앞서, 황금빛으로 빛나는 검을 든 날카로운 눈매의 청년이 여사제의 몸을 뒤로 잡아당겼다. 강우였다.

바닥에 튕겨진 파편이 산산이 박살 났다.

"……가, 감사, 합니다."

여사제가 잠시 망설이다가 고개를 숙였다.

강우는 그녀를 지나치며 김시훈에게 시선을 보냈다.

"예, 형님."

그가 무슨 말을 할지 알고 있다는 듯, 김시훈은 성검을 들어 올렸다.

강우와 김시훈의 몸이 빠른 속도로 쏘아졌다.

"크윽! 대체 언제 이 정도 병력이……!"

"골렘을 전투 모드로 바꿔!!"

밖으로 나가니 빛의 감시자들과 천사들이 분주히 움직이고 있는 모습이 보였다.

"악의 위상의 명령이다!"

"모조리 쓸어버려!"

마법 포격으로 무너진 진지를 악마들과 악마교도가 둘러싸고 있었다. 마왕의 분신을 찾기 위해 주변을 수색하던 병력들이었다.

강우는 무거운 표정으로 델 라인을 들어 올렸다.

"드디어 본색을 드러내는군."

"형님. 제가 왼쪽을 맡겠습니다."

강우는 고개를 끄덕였다.

약속이라도 한 듯, 김시훈과 강우가 동시에 양쪽으로 갈라졌다.

'어디 보자.'

가볍게 발을 박찬 강우는 주변을 둘러싼 악마들을 살폈다.

그리고 쯧, 혀를 찼다.

'먹을 가치도 없는 놈들이군.'

급조한 티가 팍팍 나는 병력. 기껏해야 오, 육천지옥급의 악마들밖에 없었다.

'어지간히도 급했나 보네.'

이 전력이 악마교의 정예 병력은 아닐 것이다. 아마 영상 속 사탄이 더 이상 미친 소리를 하기 전에 그를 막아야 한다고 생각했으리라.

'뭐, 사실 더 준비한 건 없다만.'

강우는 고개를 슬쩍 돌렸다.

율리아가 죽으며 '암흑의 거울'의 영상도 끊어졌다. 딱 생각했던 타이밍.

솔직히 기대했던 것 이상으로 잘 맞아떨어졌다.

'이 정도로 잘될 줄은 몰랐는데.'

만약 이 정도로 잘 흘러갈 줄 알았다면 모습을 드러내지 않았을 것이다.

단순히 녹화된 영상을 트는 것에서 멈추지 않고 직접 모습을 드러낸 이유는, 만약 라파엘이 그가 '예상하지 않았던' 반응을 보이면 직접 나서서 상황을 조정하기 위함이었다.

'필요 없었지만.'

이미 녹화된 영상으로 마치 '대화'를 하는 것처럼 착각시키는 것.

사실 어려운 건 아니었다. 대화라는 것은 결국 흐름이니까.

두 사람의 대화를 제삼자가 듣고 있다고 하자. 그런데 그 사람에게는 둘 중 하나의 목소리만 들린다. 전화 통화를 하고 있는 친구의 말을 옆에서 듣는 것과 비슷한 상황.

그럴 때, 어느 한쪽의 말만 들어도 대략적인 대화의 주제와 전개를 알 수 있는 경우가 있다.

'결국 대화의 근본이 주고받는 거라면.'

애초에 '그렇게밖에 반응할 수 없는' 말을 사용해 대화의 스펙트럼을 강제하면 된다.

문제가 되는 것은 타이밍이었지만 그것 또한 라파엘이 예상에서 크게 벗어나지 않는 수준의 반응 속도를 보였다.

'덕분에 상황이 더 좋아졌어.'

이번 일을 통해 '강우'와 '사탄'이 별개의 존재라는 확신을 라파엘에게 안겨주었다. 예전에 가디언즈의 창고를 습격했을 때 사용했던 것처럼 완벽한 알리바이를 만든 것.

이로써 라파엘은 강우가 사탄이라는 것을 상상하지 못한다. 이미 그의 머릿속에 '그럴 수 있다는 가능성' 자체가 사라졌다.

'그리고 그건.'

그 무엇보다 확고한 신뢰를 심어주게 될 것이다.

"좋군."

비릿한 미소를 지으며, 천천히 앞으로 나아가자 악마들이 그를 둘러쌌다.

가볍게 검을 휘둘렀다.

촤악!

"커헉!"

잘려 나가는 몸. 악마의 몸에서 검은 피가 낭자했다.

"습격자를 처단하라!"

"사탄의 하수인들을 쓸어버려라!"

곧이어 천사들이 가세했다.

그 중심은 라파엘. 찬란한 빛을 뿜어내는 창을 든 그는 성난 황소처럼 악마들을 쓸어버렸다.

강우는 설렁설렁 악마들을 상대하며 라파엘을 살폈다.

눈살이 찌푸려졌다.

'강하네.'

성창을 거칠게 휘두르는 라파엘에게서 숨 막히는 성력이 뿜어져 나왔다. 루드비히가 지니고 있던 성력은 저 무지막지한 힘에 비하면 태양 앞에 반딧불처럼 느껴질 정도.

'천 년 전쟁이 일어나는 동안 힘을 쌓았다는 게 괜한 소리가 아니었군.'

예전, 루시퍼의 권속들이 외쳤던 말들이 떠올랐다.

구천지옥에서 일어났던 거대한 전투. 지옥 전체를 전란의 도가니로 만들었던 천 년 전쟁 동안 천사들은 꾸준히 그 힘을 키워 나갔다.

'저 정도라면.'

희미한 미소가 걸렸다.

'충분히 변수를 차단할 수 있겠어.'

저런 강력한 무력을 지닌 존재가 적이라면 곤란했을 것이다.

하지만 적어도 지금 그에게 있어서 천사들은 적이 아니다. 함께 예언의 악마 사탄을 죽이기 위해 싸워야 하는 동료이자, 아군이다.

'성력 스탯은 뭔가 좀 아쉽지만.'

천사들과 본격적으로 협력하기 시작한다면 성력 스탯을 쌓는 일은 요원할 것이다.

물론 보이지 않게 포식의 권능을 사용해서 가루가 되어 흩어지는 것처럼 만들 수는 있다.

'위험하지.'

적어도 라파엘이 있을 때는 사용할 수 없다.

지금 그의 무력이 어느 정도인지는 확실하지는 않지만, 그런 같잖은 속임수에 속을 정도로 눈썰미가 없다는 생각은 들지 않았으니까.

'일대일로 붙으면 어떠려나.'

알 수 없었다.

자신이 무슨 무림 고수도 아니고 직접 싸워보지도 않았는데 모든 것을 알 수는 없었다. 단, 적어도 쉬운 싸움은 아닐 거라는 생각이 들었다.

콰득.

"커헉! 크, 아아."

그때. 생각에 잠긴 채 달려드는 악마를 상대하고 있던 강우의 귓가에 무언가 박살 나는 소리가 들렸다.

고개를 돌리자 그곳에는 농구공만 한 크기의 눈알이 4개 달린 악마 하나가 괴로운 듯 몸을 비틀고 있었다.

"응?"

강우는 고개를 갸웃거렸다. 아직 저 악마에게 손을 쓴 기억은 없다.

"크르르르!!"

짐승의 울음소리가 악마의 입에서 나오고 악마의 몸에서 섬뜩한 마기가 흘러나왔다.

강우의 눈이 가늘어졌다. 익숙한 마기다.

'사탄의 사역마인가.'

피식 웃음이 흘러나왔다,

-네, 노오오오오옴!!

악마의 목소리가 변했다.

분노로 일그러진 괴성. 고작 육천지옥급에 불과한 악마가 무시무시한 속도로 달려들었다.

'하지만.'

어차피 그래 봤자 사역마. 사탄의 힘이 아무리 대단하다고 하더라도 원격에서 사역마를 조작하는 것으로 위협적인 공격을 가하는 것은 불가능했다.

콰득.

강우는 손을 뻗어 달려드는 악마의 목을 틀어쥐었다.

광기에 물든 네 개의 눈이 강우를 향했다.

-네놈이, 네놈이 감히……!

"사탄."

강우는 활짝 웃었다.

"미칠 것 같나?"

-……

"이성을 잃을 것 같나? 머리가 뜨거워지고, 시야가 흐려지고, 가슴이 두근거리냐?"

-너, 이 개자……

"하, 하하하하하하!!"

강우는 웃음을 터뜨리며 사탄이 빙의한 악마의 목을 비틀었다.

"기억해 둬, 사탄."

그리고 분노의 대공을 향해, 말했다.

"그게 '분노'라는 거다."

-으, 아아아아아아!!

광기에 찬 절규.

-죽여 버리겠다, 마왕. 처참하게, 갈기갈기 찢어 죽여주마!!

"그러시던지."

어차피.

"넌 나 못 이겨. 너도 알잖아?"

웃음을 터뜨렸다.

"내가 누군지."

콰드드드득.

검은 피가 쏟아졌다.

닭의 목을 비트는 것처럼 가볍게 악마의 목을 비튼 강우는 고개를 돌렸다.

성검을 휘두르는 김시훈과 빛의 창으로 악마들을 학살하는 라파엘. 그를 보조하는 빛의 감시자들과 천사.

전투는 길지 않았다. 애초에 급조한 병력에 불과했으니, 고전할 리도 없다.

'자, 그러면.'

강우는 천천히 발걸음을 옮겼다.

성검에 묻은 악마의 피를 털어낸 김시훈이 쪼르르 달려와 뒤에 붙었다.

'네가 개냐.'

자신의 뒤에 선 채 초롱초롱 눈빛을 보내는 김시훈의 모습. 무한한 신뢰에 찬 그의 눈빛에 헛웃음을 흘렸다.

고개를 돌리고 목적지를 향해 걸었다.

"……."

아직도 찬란한 빛을 뿜어내는 창을 손에 쥔 채, 어딘가 멍한 표정으로 서 있는 라파엘이 보였다.

"루드비히 씨는… 좋은 사람이었습니다."

"……."

"지켜주지 못해 죄송합니다."

깊게 허리를 숙였다.

라파엘은 천천히 고개를 돌렸다.

"루드비히는 아직 고통받고 있다."

"……."

"죽어서도 천국에 가지 못한 채, 그 영혼과 육체가 타락한 채 절망에 빠져 있지."

라파엘의 눈빛에 슬픔이 서렸다.

"솔직히 말해서."

몸을 돌린 그는 김시훈과 강우를 바라보았다.

"가디언즈에 대해서 좋은 감정은 없다. 처음 우라노스 님의 도움에 응한 것도 몇 번이나 후회했지."

있을 리가 없다. 그들은 루드비히가 저렇게 고통받는 와중에도 아무것도 하지 못했으니까.

"하지만."

라파엘의 몸이 떨렸다. 거대한 기운이 흘러나와 주변을 집어삼켰다.

"악마를 멸하기 위해서라면."

예언의 악마, 사탄. 그 잔인하고 사악한 악마를 죽일 수만 있다면.

"나는 뭐든지 하겠다."

아끼던 사도의 죽음도 감내할 수 있었다.

라파엘은 강우와 김시훈에게 다가갔다.

그의 시선이 강우를 향했다.

처음 갑작스러운 습격이 있었을 때, 몸을 던져 자신의 사도를 구해준 그의 모습.

다음으로 시선이 향한 것은 김시훈. 루드비히를 제외하고는 아무도 다루지 못했던 성검의 힘을 이어받은 인간. 그가 루드비히의 죽음에 진정으로 분노했다는 것은 직감적으로 알 수 있었다.

"부디 내게."

라파엘은 손을 내밀었다.

"힘을 빌려주지 않겠나?"

짧은 침묵이 내려앉았다.

강우는 한 걸음 앞으로 내디디며 라파엘의 손을 잡았다.

"물론입니다."

라파엘과 강우. 천사와 가디언즈. 두 빛이 하나로 뭉쳤다.

타오르듯, 밝은 빛이 뿜어져 나왔다.

어느새 밤이 되어 어둠이 내려앉은 드넓은 황야에서도 그 빛은 찬란했다.

◆ 10장 ◆
전면전

"……그런 일이 있었군요."

가이아는 무거운 표정으로 고개를 끄덕였다.

"설마 루드비히 씨가 그런……."

사탄이 루드비히의 시체를 천사들에게서 빼돌려 언데드를 만들었으며, 루드비히의 영혼이 그 육신에 남아 고통받고 있다는 사실. 가이아는 상상하는 것만으로도 섬뜩한 그 일에 몸을 떨었다.

'만약, 시훈 씨나 강우 씨가…….'

그런 상황에 빠진다면.

"……."

입술을 깨물었다. 상상도 하기 싫었다.

"반드시 구하겠습니다."

김시훈은 힘 있는 목소리로 말하며 주먹을 쥐었다.

루드비히에게 안식을 가져다주는 것. 그것이 짧은 기간이었지만 그와 친구가 된 자의 도리라는 생각이 들었다.

가이아는 희미한 미소를 지었다.

"예. 김시훈 수호자님을 믿고 있겠습니다."

떨리는 마음을 진정시키기 위해 깊게 심호흡한 가이아는 침착한 목소리로 말을 이었다.

"일단 사탄의 실수로 인해 천사들의 협력을 얻을 수 있었군요."

루드비히의 일은 가슴 아팠지만, 결과적으로 보면 이번 사건을 통해 얻은 것이 많았다. 가디언즈에 대한 천사들의 의심을 풀 수 있었고, 더 나아가 협력까지 얻을 수 있었다. 예언의 악마, 사탄을 상대해야 하는 가디언즈의 입장에서 확실히 반길 만한 소식이다.

"예. 다만 완전한 협력까지는 아닙니다. 합동 훈련을 제시했더니 라파엘 님은 따로 천사들과 함께 움직이겠다고 하시더군요."

"음……."

가이아는 고개를 끄덕였다.

"그건 오히려 좋은 소식일 수도 있겠네요."

완전한 동맹을 맺어버리면 결국 지휘권이 누구에게 있느냐는 문제로 갈등이 발생할 수밖에 없다.

그리고 무엇보다 현재 가디언즈는 그레이스 맥커빈과 천무진이 이끄는 본대와 김시훈이 이끄는 별동대, '천랑부대'를 중심으로 훈련을 반복하고 있었다.

악마교와의 전면전이 머지않은 시점에서 기존에 사용하던 전술을 바꾸는 것은 오히려 전력을 감퇴시킬 우려가 있다.

함께 싸우되, 각자의 판단에 따라 움직이는 것. 지금 선택할 수 있는 최선의 전략일 것이다.

"그렇긴 하죠."

"근데 강우 씨. 그… 라파엘 님에게 강우 씨에 대한 건……."

"말하지 않았습니다."

"역시 그렇군요."

가이아가 고개를 끄덕였다.

강우의 정체. 격변의 날 지옥에 떨어져 만 년이라는 아득한 시간을 그곳에서 버텨온 것. 그로 인해 악마의 육체를 가지게 된 것.

분명 어쩔 수 없는 일이기는 했지만, 악마에 대해 큰 적대감을 가지고 있는 천사들은 이해해 주지 않을 것이 분명했다.

"저는 이해할 수 없습니다."

김시훈은 불편한 듯 눈살을 찌푸렸다.

강우는 원해서 악마가 된 것이 아니다. 거기에 더해 강우는 이제 마기를 버리고 빛의 힘을 받아들였다.

'형님처럼 착하고 정의로운 사람이 어디 있다고.'

존경하고 사랑하는 형이 어쩔 수 없는 과거에 묶여 있는 것을 보니 울화가 치밀었다.

"뭐, 천사들 입장에서는 다 같은 악마로 보이겠지."

루드비히도 그렇고 라파엘도 그렇고. 악마에게 보내는 적대감은 대단했다. 그 이유가 무엇이건, 악마를 배척할 것이 분명했다.

"그렇다면……."

"예. 일단 저와 발록, 리리스에 대한 일은 최대한 언급을 조심해 주셨으면 좋겠습니다."

"알겠습니다."

가이아가 고개를 끄덕였다.

"그런데 다른 대천사님들이 협력하신다는 얘기는 없으셨습니까?"

그녀는 이해하기 힘들다는 표정으로 물었다.

예언의 악마. 온 세상에 파멸을 가져올 그 존재에 대해서는 천사들도 경각심을 드러내고 있었다. 그런데도 다른 대천사들은 참전하지 않고 라파엘만 지구에 온 것은 납득하기 어려웠다.

"저도 물어보기는 했는데……. 언급을 피했습니다."

강우는 라파엘과의 대화를 떠올렸다.

미카엘과 가브리엘, 우리엘 등 다른 대천사들은 이번 전쟁에 참여하기 힘들다고 답했다.

'이유는 모르겠지만.'

예언의 악마를 잡는 것보다 중요한 일이 무엇인지는 알 수 없었다.

'뭐, 어차피 강제로 불러올 수도 없는 이상 이 정도가 적당하겠지.'

오히려 여기서 더 대천사들이 참전하게 된다면 계획이 틀어질 수도 있다. 라파엘 정도가 딱 정당하다.

"그럼 지금 남미나 중동에 영토 수복 작전을 나서 있는 가디언즈를 불러 모아주십쇼."

"악마교와의 전쟁은……."

"예. 곧 치러질 겁니다."

확신에 찬 표정으로 고개를 끄덕였다.

'이번에는 움직이겠지.'

아무리 다른 이유가 있다고 하더라도 이제는 좌시할 수 없는 상황이다. 리리스를 통해 악마교의 거대 지부에 큰 움직임이 있다는 얘기도 들었으니 머지않아 악마교와 본격적인 전쟁이 시작되는 것은 분명했다.

"예. 그럼 라파엘 님의 세력이 있는 아프리카에 세력을 집중……."

"아뇨. 아마 전쟁이 일어날 곳은 그곳이 아닐 겁니다."

강우는 고개를 저었다.

리리스를 통해 들은 악마교 내부의 움직임. 그리고 사탄이 숨어 있다고 추정되는 장소를 종합하면 전쟁이 이뤄질 장소는 하나였다.

"아마 전쟁은 러시아에서 치러질 겁니다."

혹한의 대지. 눈과 얼음이 뒤덮은 땅. 그곳이 악마교와의 결전의 장소가 될 가능성이 가장 높았다.

"그러면 러시아 쪽에 병력을 배치하겠습니다. 게이트도 몇 개 더 증설하는 게 좋겠군요."

"전 그러면 천랑부대와 함께 미리 혹한기 훈련을 해두겠습니다."

김시훈이 말을 이었다.

플레이어가 아무리 인간을 초월했다고 해도 대자연의 힘을 무시할 순 없다. 남미에서 이뤄지는 영토 수복 작전에서도 정글의 기후에 적응하지 못한 플레이어들이 픽픽 쓰러지는 경우가 많았으니까.

"그럼 저도 마탑 쪽에 보온 장비를 요청해야겠군요."

한국에 있는 마탑은 지금 이 순간에도 굉장히 빡세게 돌아가고 있는 마법 물품 공장이었다.

기존 보온 장비는 플레이어의 움직임을 너무나 제한한다. 민첩 중심의 전사가 방한복을 입고 있다고 상상해 보라. 데굴데굴 굴러다니지나 않으면 다행이었다.

"아⋯⋯. 그리고 보니 카드가 씨가 휴일이 필요하다고 탄원서를 제출했습니다."

가이아가 몇 장의 서류를 내밀었다.

서류를 받아 든 강우는 망설임 없이 서류를 쓰레기통에 처박았다.

"세계의 평화를 위한 일에 휴일이 어디 있습니까."

"그래도 그⋯⋯."

"가이아 씨."

강우는 그녀의 손을 살며시 잡았다.

"분명 카드가 씨도 이해해 주실 겁니다. 어쩔 수 없는 일이니까요."

어쩔 수 없는 일.

가이아는 난처한 표정으로 고개를 끄덕였다.

강우는 두 사람을 바라보며 말했다.

"사탄의 손에서 지구를 지키는 순간이 얼마 남지 않았습니다."

강우는 활짝 미소 지으며 무거워진 분위기를 환기시켰다.

과연 이것이 진짜 마지막 전투가 될지는 아직 알 수 없다. 사탄에 대해서는 아직 비밀이 많고, 악마교에 대해서도 완벽히 알지 못하니까.

하지만 오랫동안 플레이어들의 골칫거리였던 악마교를 이번 전쟁을 통해 크게 전력 감소를 시킬 수 있다는 것은 확실했다.

"후훗. 두 분이 아니었으면 결코 이런 날이 오지 못했을 거예요."

가이아는 입을 가린 채 가볍게 웃음을 터뜨렸다.

단순히 띄워주기 위한 아첨은 아니었다.

강우와 시훈. 가장 늦게 가디언즈에 합류한 이 두 사람은 이제는 더 이상 없어서는 안 되는 중요한 인물이 되었다.

"감사합니다. 정말… 감사합니다."

가이아가 깊게 머리를 숙이는 모습에 김시훈이 당황하며 그녀를 말렸다.

강우는 피식 웃으며 답했다.

"그렇게 고맙다면 우리 시훈이랑 좀 알콩달콩한 모습도 보여주시죠. 어차피 서로의 마음도 슬슬 눈치채고 있지 않습니까?"

"예… 예?"

"형님!!"

가이아는 당황스러운 표정으로 얼굴을 붉혔다.

김시훈이 다급한 표정으로 달려왔다.

강우는 김시훈이 뻗는 손을 가볍게 피하고는 그의 어깨를 툭툭 두드렸다.

"동생이 잘되는 모습을 봐야 안심이 되지 않겠습니까."

'그리고 무엇보다.'

발록에게 결투를 신청하는 김시훈의 모습이 떠올랐다.

'누가 빨리 저 새끼 좀 데려가 줘.'

자꾸 메인 히로인 자리를 노린단 말이야.

강우는 마음속 깊이 김시훈과 가이아의 사랑을 응원했다.

'가이아 님 빌어요!'

내 맘의 사랑과 평화, 평화, 평화!

강우는 가이아와 김시훈. 두 사람의 어깨에 손을 올렸다.

"그럼 방해꾼은 이만 빠지겠습니다. 두 사람 모두 마저 전략 회의를 하면서 전쟁을 준비해 주세요."

어려운 상황일수록 사랑이 피어난다고 했던가. 악마교와의 전면전이라는 큰 위협이 두 사람의 사이를 크게 진척시켜 줬으면 하는 바람이었다.

'제발.'

강우는 간절한 표정으로 두 사람의 어깨를 두드리고는 이내 몸을 돌려 밖으로 나왔다.

"수고 많으셨습니다, 강우 님."

밖에서 대기하고 있던 리리스가 그의 뒤를 따랐다.

강우는 그녀를 지나쳐 가며 물었다.

"좀 알아낸 건 있어?"

리리스에게는 전쟁 준비보다는 악마교의 움직임에 최대한 집중하라고 명령해 뒀다.

"일단, 예상대로 러시아 쪽에서 발견한 최대 규모 지부의 움직임이 확인되었습니다."

"그건 전에 들었어."

무려 1만 명 이상의 악마교도가 있다는 러시아의 거대 지부.

"심어뒀던 추기경의 말에 의하면… 악의 위상 둘이 러시아 지부에 도착했다고 합니다."

"둘? 사탄이랑 또 하나는 누구야?"

"아뇨. 사탄은 아직 모습을 보이지 않은 것 같습니다."

고개를 저었다.

"호오."

강우의 눈이 빛났다.

'그렇다는 얘기는……'

사탄까지 포함해서 최소 셋 이상의 '위상'들이 이번 전쟁에 참여한다는 것.

'효과가 좋았나 보군.'

이제까지 무슨 이유에서인지 꽁꽁 숨어 움직이지 않고 있던 놈들이 단체로 움직이기 시작했다. 그만큼 이번 전쟁에 전력을 다하겠다는 의미.

'하긴.'

에언의 악마고 아니고를 떠나서 사탄은 대놓고 라파엘에게 전쟁을 선포했다. 온 세상을 파멸시키겠다고 그렇게 당당하게 말했는데 몸을 웅크린 채 숨는 것도 이상하다.

"그 두 명에 대한 정보는 없어?"

"사진으로 보여 드리겠습니다."

리리스가 손가락을 튕기자 화면이 하나 떠올랐다.

온몸을 피 묻은 붕대로 둘러싼 인간의 모습이 보였다. 그는 녹이 잔뜩 슨 도(刀)를 들고 있었다.

"얜……."

"혈마객이라고 불리고 있습니다. 소문으로는… 다른 세계에서 왔다고 하더군요."

"다른 세계? 에르노어 말하는 거야?"

"아뇨."

리리스는 고개를 저으며 답했다.

"환(晥) 대륙이라는 곳에서 왔다고 하더군요."

"아… 거기."

전에 루시퍼와의 대화에서 들은 적이 있는 세계였다.

'거긴 또 뭔 세계라냐.'

에르노어 대륙은 딱 중세 배경의 판타지 느낌이었다. 뭔가 직감적으로 환 대륙은 무협지에 나오는 그런 곳일 것 같다는 생각이 들었다.

'아니, 뭐 씨바 믹스 너트야?'

뭐 일단 다 처섞어 놓으면 맛있다고 생각하는 건가? 안일한 세계관 설정에 강우는 혀를 찼다.

'어느 정도려나.'

알 수 없었다.

이제는 그냥 옆 동네처럼 느껴질 정도로 빈번히 지구의 일에 개입하는 에르노어와는 달리 환 대륙의 존재가 지구에 개입한 적은 없었다. 혈마객이란 놈이 누구인지, 어느 정도의 무력을 갖추고 있는지 확인할 방법이 없다.

"다른 하나는?"

"여기입니다."

슬라이드를 넘기듯 화면을 넘겼다.

이번에는 강우도 익히 알고 있는 존재의 모습이 나타났다.

"벨페고르."

나태의 대공, 벨페고르. 3미터 정도 되는 보랏빛 피부의 악마는 휠체어 같은 의자에 앉아 있고, 그의 수하로 보이는 악마들이 휠체어를 끌고 있었다.

'저 새끼는 여전히 처앉아 있네.'

벨페고르는 움직이지 못하는 게 아니다. 두 다리로 멀쩡하게 걸어 다니고, 심지어 꽤나 빨랐다. 칭호에 걸맞게 그냥 귀찮아서 자신의 발로 움직이지 않는 것이다.

'부러운 새끼.'

돈 많은 백수가 꿈인 강우에게 있어서 벨페고르의 유유자적한 모습은 질투를 일으키기 충분했다.

"대공이라……."

강우는 상태창을 열었다.

140에 정체되어 있는 마기 스탯.

"좋네."

강우는 입맛을 다셨다.

눈 덮인 대지. 높게 솟은 산에서 검은 먹구름과 같은 어둠이 흘러내렸다. 내리쬐는 태양 빛을 잡아먹는 어둠. 그 산의 주변만 밤이 된 것처럼 어둠이 내려앉았다.

흙과 돌로 가득 차 있어야 할 산의 내부는 인공적인 방법으로 깎여 나가 있었고, 내부에 만들어진 거대한 기지에는 2만여 명이 넘는 사람들과 악마들이 도열해 있었다.

-하암.

도열해 있는 인간들을 내려다보고 있는 한 악마, 벨페고르의 입에서 나지막한 하품이 흘러나왔다.

휠체어와 닮은 바퀴 달린 의자에 앉아 있던 그는 마음에 들지 않는다는 듯 표정을 일그러뜨렸다.

-왜 이렇게까지 계획이 앞당겨진 거지?

귀찮음이 묻어나오는 목소리. 일어서서 따지는 것도 귀찮다는 듯 휠체어에 늘어지게 앉은 그는 연신 불만을 토로했다.

"사정이 생겼다고 들었다."

전신을 피 묻은 붕대로 휘감고 있는 괴인의 입에서 낮은 목소리가 흘러나왔다. 갈고리로 쇠를 긁어대는 듯 불쾌한 목소리.

벨페고르는 옆에 선 괴인, 혈마객을 향해 시선을 돌렸다.

-사정?

"마왕이 나타났다고 하더군."

쾅!!

이어지는 그의 말에 벨페고르는 자리에서 일어섰다.

-뭐, 라고?

그가 몸을 일으키자 혈마객의 눈이 빛났다.

'벨페고르가 일어났다고?'

환 대륙과 지구를 합쳐 벨페고르만큼 나태한 존재는 본 기억이 없었다.

그는 멀쩡한 육체를 가지고 있음에도 움직이기 귀찮다는 이유로 항상 이동식 의자에 앉아 생활했고, 사도들을 통해서 정기적으로 이뤄지는 보고 또한 듣지 않았다.

지옥 무구라는 신기(神器)에 영혼만 남은 채로 갇혀 있던 시절에도 오로지 귀찮다는 이유 하나만으로 육체를 재구성하는 것을 뒤로 미뤘던 악마였으니 그 나태함이 어디까지인지 상상하기 어려운 수준.

'신성'을 얻기 위해 마의 근원을 흡수하는 일도 귀찮아서 제대로 하지 않을 정도로 극도의 나태함을 가지고 있는 악마, 그것이 벨페고르였다.

-그게, 무슨 개소리야.

그런 벨페고르가 몸을 일으키고, 창백하게 질린 표정으로 사시나무처럼 몸을 떨었다. 대공의 위엄이라고는 찾아볼 수 없는 한심한 작태. 공포에 질린 목소리가 울려 퍼졌다.

혈마객은 눈살을 찌푸렸다.

"마왕이 그 정도인가?"

사실 그는 오랜 기간 악마교와 활동하면서 마왕에 대한 얘기는 거의 듣지 못했다. 과거 사탄과 벨페고르, 마몬이 그에게 고전했다는 얘기를 들은 정도.

-그 정도냐고? 그 정도, 냐고?

벨페고르는 어처구니없다는 듯 웃었다.

"그래 봤자 놈의 본질은 인간이 아니었나?"

혈마객 본인이 인간에서 마공으로 악마의 육체를 가졌기에 알 수 있었다.

인간의 육신은 그 근본에서부터 악마와 다르다.

그들이 태어나면서부터 가지고 있는 힘을 손에 넣기 위해 그는 피나는 노력을 반복해야 했다.

'오래 걸렸지.'

몸 안의 마기를 움직였다.

'대공'이라고 불리는, 태어나면서부터 절대자의 운명을 타고
난 존재와 동일 선상에 서기 위해 그는 천 년이라는 아득한 시
간을 마공에 매달려야 했다. 수천, 수만에 달하는 인간의 피
를 흡수해 가면서.

'그럼에도.'

결국 사탄을 넘어서지는 못했다. 인간이라는 태생적인 한계
를 극복하지 못한 것이다.

-인간, 이라고?

벨페고르의 눈이 떨렸다.

그가 손을 뻗어 혈마객의 멱살을 틀어쥐었다.

-잘 들어라. 놈은 괴물이다. 정신 나간 괴물!!

인간이라니. 누가 감히 마왕을 인간이라는 이유로 무시한
단 말인가.

사실 처음에는 벨페고르 자신도 그를 무시했다.

마왕, 정확히는 그가 마왕으로 불리기 전. 모든 대공을 향
해 그가 전쟁을 선포했을 때도 귀찮다는 이유로 관심조차 가
지지 않았다. 그리고.

일곱 대공은 모조리 패배했다. 씹어 먹혔다. 단 하나의 괴물
에게.

-아아, 어째서. 왜 이런 일이……. 부, 분명 죽었잖아. 내가

직접 느꼈다고!!!

차원의 벽에 갈린 채 사라지는 그의 기운을 느꼈다. 지옥 무구에 영혼이 갇힌 꼴사나운 상태였지만, 분명히 느꼈다.

미칠 듯한 희열에 잠기기도 했다. 마왕이, 그 정신 나간 괴물의 공포에서 벗어날 수 있다는 생각에 그는 전율했다.

그런데 살아 있다고?

-으, 아아.

벨페고르는 공포에 몸을 떨었다.

혈마객은 그를 바라보며 혀를 찼다.

'천마(天魔)를 만난 무인을 본 것 같군.'

그가 살았던 환 대륙에서도 저런 어마어마한 '공포'로 군림하는 존재가 있었다.

천마(天魔). 그와 만난 존재들은 지금 벨페고르처럼 공포에 집어삼켜져 이성을 잃곤 했다.

'마왕이 그 천마와 동급이라고?'

어림없는 소리.

혈마객은 단호히 고개를 저었다.

지구에 온 이후 사탄과 벨페고르, 마몬 등 지옥의 군주들과 만났지만, 천마와 비교하면 그들은 하찮게 느껴졌다.

그는 모든 마인(魔人)의 정점이자, 신이었다.

'마왕이라는 놈이 아무리 날고 기어봤자.'

감히 천마에 비할 수 있을까.

괜히 그가 금단의 주술을 사용하여 차원을 넘어 도망쳐 온 것이 아니었다. 환 대륙에서는 결코 지배자가 될 수 없다는 것을 깨달았기에 이곳으로 온 것이다.

'언젠가는.'

그의 눈빛에 진득한 광기가 서렸다.

지금이야 인간의 한계를 극복하지 못해 사탄의 말을 따르고 있지만 언젠가는 그들 모두를 죽이고 정점에 서겠다는 욕망을 품고 있었다. 그러기 위해서 이번 전쟁은 반드시 승리해야 했다.

-도, 도망쳐야 해.

"뭐라고?"

혈마객은 어처구니없다는 듯 헛웃음을 흘렸다. 대체 마왕이 뭐라고 저렇게까지 반응한단 말인가?

-나는 돌아가겠…….

콰득!!

몸을 돌린 벨페고르의 어깨가 갑작스럽게 뻗어 나온 어둠에 잡혔다.

쿵!

그 어둠이 벨페고르의 몸을 다시 의자에 처박았다.

일렁이는 어둠 너머. 장막처럼 어둠을 두른 채 붉은 악마 가면을 쓰고 있는 존재가 걸어 나왔다.

-앉아라, 벨페고르.

-사, 탄······!

벨페고르는 이글거리는 눈빛으로 붉은 악마 가면을 쓴 존재를 노려보았다.

-이게 어떻게 된 거지? 마왕이 살아 있다니! 대체 무슨 소리냐 그게!!

그가 설규하듯 외쳤다.

사탄은 벨페고르의 어깨에 올린 손에 힘을 더했다.

쿠구구구궁!!

거대한 산 전체가 뒤흔들렸다.

-크윽!

무시무시한 마기에 벨페고르는 신음을 흘렸다.

사탄은 복잡한 눈빛으로 말을 이었다.

-나도 모른다.

-뭐······?

-대체 무슨 방법으로 마왕이 살아남았는지 모른단 말이다.

그가 씹어뱉듯 답했다.

마왕의 부활.

애초에 지구에 도착한 이후, '마의 근원'을 발견하면서 세운 기나긴 계획에서 그 변수는 고려하지 않았다.

당연했다. 차원의 벽에 갈려 나갔다.

지옥 무구의 힘을 이용하면 구멍을 뚫고 안전하게 차원의 벽을 넘을 수도 있었지만, 아몬을 시켜 일부러 차원을 관리하는 '우주의 섭리'에 정면충돌하도록 만들었다. 설사 그 대상이 신이라도 그곳에 살아남을 수는 없었다.

그런데, 마왕은 살아남았다. 죽지 않았다.

-…….

침묵이 흘렀다.

벨페고르는 낮은 목소리로 물었다.

-이제 어떻게 할 생각이냐?

-싸워야지.

사탄이 망설임 없이 답했다.

쿵.

벨페고르가 다시금 의자를 박차고 일어났다.

-싸운다고? 제정신이냐, 사탄?

-다른 방법이 뭐가 있다는 거지?

사탄은 차갑게 얼어붙은 눈빛으로 벨페고르를 노려보았다.

마왕과의 타협은 존재하지 않는다. 그것은 지난 천 년간의 전투로 절실히 깨달을 수 있었다.

놈은 말 그대로. 미쳤다.

-우, 우리 계획에 동참시키든지 하는…….

-놈은 우리를 먹잇감으로밖에 생각하지 않는다. 너도 알고

있지 않나? 일곱 대공들이 모두 어떻게 되었는지.

-그래도 놈은 수하가 된 자에게는 이빨을 드러내지 않잖아!

-그래서, 수하가 되시겠다?

사탄이 가늘게 눈을 떴다.

마왕의 수하로 들어가는 것. 그것만큼은 결코 용납할 수 없었다.

아무리 그가 두렵다고 해도 그들은 대공이었다. 태어날 때부터 지배자의 피가 흐르는 그들은 애초에 '누군가의 아래로' 들어간다는 개념을 상상조차 하지 못한다.

-크읏…….

-집어치워라. 더 이상 마왕이 힘을 복구하기 전에 그를 죽여야 한다.

-힘을 복구한다고?

-놈에 대해서 어느 정도 조사를 했다.

사탄은 낮은 목소리로 말을 이었다.

-아무래도 놈은 우리와 달리 2년 전쯤에 지구에 도착한 것 같더군.

-2년.

벨페고르의 눈이 날카롭게 빛났다. 사탄이 무슨 말을 할지 예상이 간다는 듯한 눈빛.

-놈은 인간들 사이에서 정체를 숨기고 힘을 기르고 있었더군.

-그렇다는 말은⋯⋯.

-그래.

사탄은 고개를 끄덕였다.

-놈도 차원의 벽에 갈리고 나서 힘을 잃었다는 얘기지.

-⋯⋯.

벨페고르는 굳게 입을 다물었다.

대화를 듣고 있던 혈마객이 끼어들었다.

"그런데 이번 전쟁에 천사도 끼어들지 않았나?"

-라파엘⋯⋯.

사탄의 몸을 휘감은 어둠이 출렁였다.

마왕의 수작질로 인해 천사들과의 전면전을 피할 수 없게 되었다. 원래 계획대로라면 적어도 수십 년 이후에야 맞붙었을 적.

-생각해 둔 것은 있다.

라파엘을 상대하면서, 동시에 마왕을 죽일 수 있는 방법. 예전이라면 불가능했지만, 지금이라면 가능한 방법이 하나 있었다.

사탄은 도열해 있는 악마교도들과 악마들을 내려다보았다.

-그건 그렇고 칼기아는 어디 있지?

"모르겠다. 예언의 악마를 조사하겠다고 어딘가로 간 이후 연락이 닿지 않는다고 하더군."

-이번에도, 인가.

사탄은 불쾌하다는 듯 고개를 저었다.

-뭐… 일단은 이걸로 됐나.

어차피 칼기아는 직접적인 전투에서는 큰 역할을 할 수 없다. 그가 힘을 발휘하는 것은 소환과 흑마법. 아몬과 비슷하다면 비슷하다고 할 수 있는 존재였다.

-사탄… 정말로 그 마왕을 죽일 수 있는 거냐.

-계획대로 된다면.

사탄은 단호히 말했다.

-그리고 그를 죽이는 데 성공한다면…….

-…….

벨페고르는 굳게 입을 다물었다.

꿀꺽.

침이 삼켜졌다.

사탄이 무엇을 말하는지 어렵지 않게 예상할 수 있었다.

-마해를, 얻을 수 있겠군.

-그렇다.

벨페고르의 눈이 탐욕에 차올랐다. 그의 나태함을 지워 버릴 수 있을 정도로 달콤한 보상.

-좋아, 그 계획이라는 걸 말해봐라.

벨페고르는 다시 의자에 앉았다.

탐욕에 찬 두 눈이 번들거렸다.

'2년이라.'

짧은 시간이다.

영생을 살지 않는 인간에게조차 그다지 길지 않은 시간.

'가능하다.'

충분히 가능성이 있다는 생각이 들었다.

'고작 2년이다.'

찰나에 가까운 시간.

'아무리 그 괴물이라고 할지라도.'

에이, 설마 2년 만에 힘을 되찾았겠어?

To Be Continued

우진 현대 판타지 장편소설
WISHBOOKS MODERN FANTASY STORY

다시 태어난 베토벤

1827년 한 남자의 죽음으로 고전 시대가 저물었다.

그러나
그가 지핀 낭만의 불씨가 타오르니
비로소 새로운 시대가 열렸다.

긴 시간이 흘러 찬란했던 불꽃도 저물어 갈 즈음.
스스로 지핀 불씨를 지키기 위해
불멸의 천재가 다시 태어났다.

〈다시 태어난 베토벤〉

마치 운명이 문을 두드리듯
힘차게 손을 뻗어 외친다.
"아우아!"

Wish Books
스켈레톤 마스터
WISHBOOKS GAME FANTASY STORY
더페이서 게임 판타지 장편소설
오직 힘으로 지배되는 세상 일루전!
"스켈레톤 소환."
ㄴ 미친…….
ㄴ 저거 스켈레톤 맞아요?
ㄴ 뭐가 저렇게 세?
수백이 넘는 소환수를 지휘하는 자,
극악의 난이도를 자랑하는 직업 조폭 네크로맨서!
8년 전으로 회귀한 강무혁의 도전이 시작된다.
「스켈레톤 마스터」
"나는 이곳에서 강자가 되겠다!"